오래된
기억이 말을
걸었다

오래된 기억이 말을 걸었다

발행일	2023년 11월 24일
지은이	은총별, 초록빛, 목련, 해인, 컬러풀, 노다지, som
그림	인스타툰 작가 노다지
펴낸이	백대현
펴낸곳	도서출판 정기획(Since 1996)
출판등록	2010년 8월 25일(제2012-000003호)
주소	경기도 시흥시 서촌상가4길 14
전화번호	(031)498-8085, 010-2310-8085
팩스번호	(031)498-8084
이메일	cad96@chol.com

편집/제작   (주)북랩

ISBN   979-11-93579-07-7 03800 (종이책)   979-11-93579-00-8 05800 (전자책)

오래된
기억이 말을
걸었다

일곱 언니들의 마음의 소리

은총별
초록빛
목련
해인
컬러풀
노다지
som

정기획

새로운 꿈을 축하하며

먼저 『오래된 기억이 말을 걸었다』 출간을 진심으로 축하드립니다.

새로운 시작은 항상 두려움과 호기심과 설렘이 있습니다. 그러기에 오래도록 기억에 남지요. 첫사랑, 첫 데이트, 첫 직장, 첫 만남 등등.

우리가 첫 경험을 잊지 못하는 것은 서툴지만 순수하고 진심과 설렘을 그곳에 담았기 때문일 것입니다.

저도 여러 권의 책을 냈지만, 처음 내가 쓴 글이 문자화되어 책으로 엮어져 나왔을 때의 환희와 기쁨을 지금은 느끼지 못합니다. 글 쓰는 동아리에서 묶은 첫 번째 나온 소책자가 어찌나 자랑스럽던지 여기저기 배포하고 다녔던 기억이 납니다. 지금도 그때의 황홀한 느낌은 무엇과도 바꾸고 싶지 않은 경험입니다. 지금 다시 읽어보면 부끄럽긴 하지만요. 미숙하지만 용감하게 시작해 뚜벅뚜벅 걷는 사람은 언젠가는 목적지에 도달합니다.

인간은 경험하면서 배우고, 체험하면서 몸에 익히며, 자신을 성장시켜 갑니다. 실패든 성공이든 경험은 남이 가질 수 없는 나만의 재산입니다.

지금 시작하길 참 잘했습니다.

글을 쓰고자 선택한 것은 그동안의 많은 선택 중에 탁월한 선택입니다.

예전처럼 문인이 인정받는 시대는 아닙니다. 그러나 내가 나를 인정해 주고 나와 대화하며 내가 주인공이 되는 삶. 나의 삶을 내 의지로 살아갈 수 있다는 건 결코 아무나 누릴 수 없는 특권입니다. 여러분은 그 특권을 누릴 자격이 있습니다.

글을 쓴다는 것은 자신을 성찰하고 사물과 대화하고 보이는 것보다 보이지 않는 세상을 보아야 하는 구도자(求道者)적인 삶을 요구합니다.

그 길을 기꺼이 선택한 여러분은 많은 노력과 수련으로 교과서에 나오는 작가, 역사책에 기록되는 작가로 성장해 주시길 기대합니다.

다시 한번 『오래된 기억이 말을 걸었다』 출간을 진심으로 축하드립니다.

2023. 10.

이지선

사)한국문인협회 회원

『내가 만난 하느님』, 『비껴간 인연』, 『배낭에 꽃씨를』 외 다수

『오래된 기억이 말을 걸었다』는 글쓰기 프로그램 〈마음의 소리〉에서 시작했다. 2023년 수강생 15명을 목표로 여러 기관의 도움을 받았다. 공고 삼일 만에 21명, 개강일 직전까지 29명이 신청했다. 기관 담당자는 글쓰기 수업의 특성을 고려하여 인원을 그만 받아야 한다고 했다. 고민했다. 그러나 진행과정 중에 많은 인원이 그만둘 수 있다고 생각했다. 왜냐면, 자기 내면의 이야기를 꺼낸다는 것은 생각보다 쉽지 않기 때문이다. 설령 꺼낸다고 해도 그 이야기를 기록으로 남겨서 타인에게 공개한다는 것은 용기가 필요하기 때문에 완주하는 것을 주저할 수 있다. 인간 각자의 마음 상태나 그들만의 기대와 목표는 신이 아닌 이상 알 수 없다. 단지 말과 글을 통해 유추해 보는 게 다일 뿐이다. 그것을 알기 때문에 또 20회의 긴 여정 동안 많은 변수를 고려해 담당자의 의견을 뒤로하고 신청자 모두의 이름을 담아 출석부를 만들었다.

29명으로 최종 마감하고 개강 직전 현장에 갔다. 강의실을 점검하는 중에 핸드폰 벨 소리가 울렸다. "마감이 끝난 것으로 아는데 지금 신청해도 되는가?" 라는 문의였고, 지인의 추천이 있었다고 이어서 말했다. 요즘 사회는 책 읽는 사람의 수가 계속 줄어가는 추세고 글쓰기에 도전하는 사람은 더 만나기 어렵다. 이런 시기에, 글을 쓰겠다는 마음을 가진 분은 귀할 수밖에 없다. 그 귀함을 알기에 망설임 없이 받았다.

〈마음의 소리〉는 30명 중에 첫날 17명이 참석했고 나머지 13명은 끝까지 단 한 번도 들어오지 않았다. 실질적으로 17명이 시작해서 3명이 사정상 중간에 그만두고 14명으로 마무리했다. 오랜 시간 힘들게 공부를 했는데도 반 이상이 자기의 마음이 담긴 글을 세상에 내놓지 않겠다고 했다. 아무리 좋고 유익한 글도 쓴 자가 허락하지 않으면 도리가 없다. 많은 사람의 마음을 움직일 수 있었던 글들이 아직 기회를 찾지 못한 것 같아 마음이 아팠다. 더 나은 글로 탄생하기를 기대하면서 7명만으로 준비에 들어갔다.

본 프로그램은 매회 2시간 동안 말하기, 쓰기, 이론 순서로 진행했다. 당일 화두와 다양한 카드를 활용하여 각자 마음에 있는 소리를 즉흥적 말로 표출했다. 그리고 주제와 연결하여 열 번의 글을 썼다. 쓰기는 시간 관계상 마무리하지 못하면 숙제 형식을 취해서 다음 수업 전에 제출했다. 대부분의 주제 키워드는 나의 생각, 가치관, 경험, 삶, 미래 상상하기 등 내 이야기에 집중되어 있었다.

이론 시간도 필요해서 2시간 중 30분 할애했다. 참석자 대부분 긴 시간 동안 쓰기를 단절했던 상태였기 때문에 학창 시절 배운 이론도 복습의 의미로 상기할 필요성을 가졌기 때문이다.

10개의 주제로 쓴 원고를 갖고 3주 동안 집중적으로 고쳐쓰기를 시작했다. 글, 단락, 문장, 단어를 역순으로 해서 고쳐 나갔다. 거치면서 자신의 원고 중에 세상에 내놓기 불편한 내용은 제외시켰다. 이렇게 해서 각자 추가 원고를 포함하여 5~11가지 원고를 선정했다. 고쳐쓰기의 중요성은 몇 번을 반복해도 또 하고 싶을 정도로 글 쓰는 데 중요하다. 어니스트 헤밍웨이는 '모든 초고는 걸레다'라고 했다. 그는 『노인과 바다』로 노벨문학상을 수상했는데 거의 2백 번을 수정했다고 한다. 베르나르 베르베르도『개미』를 무려 12년 동안이나 고쳐서 세상에 내놓았다고 한다. 대문호도 이럴진데 이제 시작하는 사람들은 쓰는 것보다 더 힘들 수도 있다. 자신이 썼던 글을 다시 수정하는 과정은 처음 쓰는 과정보다 두 배는 더 힘들다는 것이다. 실제 이 과정에서 많은 사람이 글쓰기를 포기한다. 자기가 자기 글을 평가하면서 스스로 실망하고 자기가 써 놓은 글을 앞에 놓고 자신을 스스로 비하하기도 한다. 공부 시간에 이런 내용을 몇 번 강조했다. 이 단계를 넘어야 진짜 글 쓰는 사람이 될 수 있다고 했다.

이 책은 어려운 단계를 넘은 작가 7명의 마음의 소리를 담고 있다. 다음과 같은 순서로 엮었다.

'어린 시절 특별히 기억나는 이야기, 나 자신에게 하고 싶은 이야기, 나의 가족 이야기, 내 인생의 터닝 포인트(turning point)와 퀀텀 점프(quantum jump), 내 나이가 지금보다 열 살이 많다고 가정하고 어떤 삶을 살고 있을지 또 미래의 내 삶을 미리 이야기 해보기, 마지막으로 내 마음 안에 있는 또 다른 이야기 등'이다. 아주 쉬운 주제지만 막연히 갖고 있던 이야기를 기록으로 남기고 이를 통해 변화된 삶을 살기 위한 목적을 담은 구성이었다.

이들은 '글쓰기의 참의미를 알고 있다. 글은 단번에 잘 쓸 수 없다는 것을 깨달았다. 메모, 일기, 단상 등 스쳐가는 생각을 행동으로 옮겨 글로 남기면 자신의 쓰기 실력이 향상된다는 것을 경험했다. 자기들이 쓴 글이 비록 부족함이 있다 하더라도 다른 한 명의 생명을 살릴 수도 있다는 것을 체득했다.'

이들은 이런 과정을 거쳐 세상을 향해 발걸음을 내디뎠고, 그 결과물인 『오래된 기억이 말을 걸었다』를 탄생시킨 것이다.

이 책이 나오기까지 수고하신 7명의 작가에게 감사를 전하고, 앞으로 더 나은 글을 써서 세상에 선한 향기를 선물하는 훌륭한 작가가 되기를 진심으로 기대한다.

2023년 10월
백대현

컬러풀

노다지

som

은총별

왜곡의 변주곡

결혼하고 엄마가 되면 엄마의 삶을 더 잘 이해할 줄 알았는데 아니었다. 살얼음판 속에서 생존법을 터득하며 살아온 내 속의 아이와 찬찬히 마주하니 눈물이 났고 눈물 자국이 채 마르기 전에 슬픔은 더 큰 슬픔을 불러와 가슴에 커다란 구멍이 생긴 듯 시렸다. 부모로서 아무리 화가 나도 지켜야 하는 한계선이 있는데 그 경계가 무너지면 아이에게 온전한 우주는 존재하기 힘들다.

초등학교 4학년 때 다 쓴 수첩을 재활용함에 버렸는데, '엄마는 독재자 같다'고 쓴 글을 아빠가 보셨다. 아빠가 엄마에게 '애들 기죽이지 말자'라고 하시는 목소리가 방문 틈새로 흘러나왔고 이후 두 분 사이에는 정적이 흘렀다.

나는 평소에도 엄마를 무서워했다. 그런데 아빠의 말에 엄마의 반응이 내게 어떻게 닥쳐올지 몰라 불안했다. 며칠 동안 말씀이 없으셨던 엄마가 학교 다녀온 나를 불러 앉히고, "네가 이런 글을 써서 아빠에게 한마디 들어야 했다"고 말씀하셨다. 그 표정은 다른 날보다 더 무섭고 두렵게 다가왔다.

지금 와서 그날을 생각해 본다. 내가 그 글을 쓴 아이의 부모라면 자기가 낳은 자식이 그런 글을 남겼으면 왜 그렇게 썼는지 물어 봐줬을 것 같다. 내 자식이기 전에 어린아이다. 어린아이가 어떤 상황에서 왜 그렇게 느꼈는지 조심스럽게 묻고 들어주는 게 어른의 성숙함이 아닐까. 그래야 긴 인생길 부모와 자녀가 파트너가 되어 즐겁게 살 수 있고 부모가 때가 되어 하늘로 가서도 그 사랑의 힘으로 험한 세상 이겨내며 살아갈 수 있지 않을까.

그 일만이 아니다. 다른 이해할 수 없는 일도 있었다. 다니는 학교에서는 아이들에게 통장을 만들게 했다. 우리 세 자매도 예외가 아니었다. 우리는 그 통장에 설날에 받은 세뱃돈부터 어른들에게 안마, 흰머리 뽑기, 신발 정리 등을 해서 받은 돈, 군것질할 것을 절약해서 차곡차곡 모은 돈 등을 전부 넣었다. 세 자매가 모은 돈은 전부 합해서 오백만 원 정도였다. 엄마는 그 돈을 통장의 주인인 우리에게 한 번도 묻지 않고 전부 찾아서 이사비용으로 쓰셨다. 세 자매는 그 돈을 모으기 위해 많은 노력을 했기 때문에 억울했다. 그런데 적반하장도 유분수지 딸들에게, "그 돈은 원래부터 엄마 몫이었다"는 말로 일축해 버리셨다. 엄마의 행동이 옳지 못한 것을 알고 있는 아빠조차도 엄마 눈치만 보며 자식들의 억울함을 대신해 주지 않았다. 사실 아빠도 엄마의 기세에 눌려 있는 허수아비에 불과했던 것이다.

상식적이지 못한 부모에게 반항하면 그 결과는 더 참담하다. 가진 억울함이 커져서 마음의 병으로 갈 수 있다. 후에 신경성이나 정신이상 등으로 악화될 수도 있고 그런 어른들의 힘에 눌려 복종하다 보면 무기력해지고 나의 의사를 표현할 수 없는 사람으로 흘러간다. 내 자아는 없고 독재자의 실로 매단 꼭두각시 인형 마리오네트가 되거나 이상함을 마주하기 어려워 억압하다 왜곡된 인지로 망상이 생기기도 한다. 이런 양육을 받으며 성인이 된다면 아픈 청춘으로 성장하여 그 길은 험난할 것이다.

초등학생 시절, 또 다른 에피소드가 있다.

어느 날 학교 수업을 마치고 나오는데 비가 내리고 있었다. 그날 등굣길은 화창했기 때문에 우산을 챙기지 않고 학교에 갔던 것이다. 갑자기 비가 내려서인지 친구들의 엄마는 하나 둘씩 약속이나 한 것처럼 우산을 들고 학교 앞에서 기다리고 계셨다. 친구들은 자기 엄마가 보이면 뛰어가 안겼고 이내 사라졌다. 남은 게 나와 나보다 한 살 많아 보이는 언니 둘이었다. 셋이 한동안 비를 바라보며 서 있었다. 그러나 그 이름 모를 언니들도 엄마가 와서 데려갔고 마지막까지 남은 건 나 혼자였다. 나도 엄마가 오셨으면 하고 기다렸다. 아니 다른 엄마들처럼 우리 엄마도 꼭 올 것이라고 믿었다. 단지 사정이 있어서 좀 늦는 것이라고. 그러나 아무리 기다려도 엄마는 오지 않았고 실망한 나는 비를 맞으면서 횡단보도와 육교를 건너 집으로 갔다.

비에 흠뻑 젖어 집 현관문을 열어보니 엄마는 화장을 하는 중이었다. 나를 보고는 "고아도 아니고 왜 비를 맞고 다녀? 다음에는 전화를 해라"가 전부였다. 엄마가 나를 생각해 주는 말로 들렸다. 왜냐하면 현재까지 30년 동안 살아오면서 엄마가 나에게 해 준 말

중에 나를 위로해주시는 것 같은 손꼽히는 말이었기 때문이다. 그러나 지금 와서 다시 생각해 보면, 엄마의 사랑을 갈구하던 어린아이의 왜곡된 마음이었다.

당시는 핸드폰도 없고 전화하는 것도 어렵던 시절이었다. 그건 나만이 그랬던 게 아니고 다른 친구도 별 차이가 없었을 것이다. 다른 친구의 엄마들은 자식들의 전화를 받고 우산을 가지고 왔다는 말인가? 엄마들은 자식들이 아침에 등교할 때만 해도 우산이 필요 없다는 것을 알고 있었다. 하지만 지금은 상황이 바뀌어 필요한 것을 알기 때문에 우산들 들고 교문 앞에서 기다린 것이다. 그런 게 엄마의 자식에 대한 관심과 사랑인 것이다. 이것이 친구들의 엄마와 나의 엄마가 분명히 다른 점인 것이다. 자기는 화장을 하면서 딸에게는 왜 전화를 안 했느냐는 게 무슨 뜻일까? 아무리 그 상황에 대해 생각해 봐도 이는 비를 맞으며 혼자 집으로 돌아온 어린 딸이 걱정이 되어서 한 말이 아닌 것이다.

내 어린 시절의 기억은 일련의 사건과 함께 당시의 감정으로 각인되어 있다. 어쩌면 사건은 빛바랜 사진처럼 희미해져 있거나 너무 오래되어 보이지 않는 부분도 있고 그 공백을 다른 것들이 채워 오염됐을 수도 있다. 감정도 세월 속에 가감되며 왜곡될 수 있고 일정 시간이 흐른 후 성숙하게 의미를 만들어 낼 수 있다. 부모와 자식으로 만나 좋았던 경험과 감정을 찾아내느라고 너무 에너지를 고갈시켜야 한다면 슬프고 아픈 일이다. 태어날 때부터 부모의 요구를 쉼 없이 채워주며 자신을 돌볼 생각은 사치였고 부모를 더 사랑하며 아프게 살아온 청춘들이 있다면 그대들을 더 사랑해주는 시간을 가지라고 말해 주고 싶다.

비가 오면 나비의 날갯짓을 하자

천사보다 더 예쁜 딸을 볼 때마다 사랑스러운 눈으로 바라본다. 세상 모든 엄마는 지금의 나와 같을 것이다. 어쩌면 엄마라는 존재는 자식을 자신보다 더 사랑하는 분들이다. 자식 입장에선 나보다 나를 더 사랑해주고 온전히 바라봐 주는 단 한 사람, 엄마가 있다는 것은 삶의 큰 힘이다. 그래서 엄마의 사랑은 순수하게 귀하고 위대하다고 한다. 나는 딸의 눈망울과 귀여운 목소리에 엄마로서 평생 너를 지켜주겠노라고 몇 번이고 결심했다. 딸을 볼 때마다 '나도 너만한 때가 있었는데…' 하면서 뒤끝을 흐린다.

그때의 아이는 세월이 흘러 성인이 되었고 딸을 둔 엄마가 되었다. 하지만 지금의 딸 나이로 돌아가고 싶지 않다. 나는 내 어린 시절만 생각하면 마음 한쪽이 바늘로 찌르는 것처럼 아프다. 아픈 상처를 갖고 살았기에 청춘 시절에도 특별한 반짝거림은 없었다. 이제 엄마가 되었다. 비록 나에겐 여느 아이들처럼 그런 밝음이 부족했다 하더라도 내 딸이 지금의 눈빛처럼 마음처럼 밝게 성장해서 내가 누리지 못했던 청춘이 가질 수 있는 특권을 누렸으면 좋겠다. 마음도 몸도 건강한 어른이 되었으면 좋겠다. 초롱초롱한 눈으로 엄마를 바라보던 딸이 스르르 눈을 감는다. 나도 딸 옆에 누워 눈을 감으며 평소 꿈꾸던 상상의 나래를 폈다.

겨울의 첫날 버킷리스트 1번 워킹홀리데이 비자를 발급받고 캐나다로 자신 있게 떠났다. 자신감이 생긴 것은 일 년 동안의 계획과 그 계획 속에 원어민 정도의 영어를 구사할 수 있을 만큼 실력을 쌓았기 때문이다. 나는 이방인이라고 해서, 영어를 잘하지 못해 서툰 몸짓을 해도 남들의 이해와 배려를 받기보다는 당당하게 나의 뜻을 전하기 위해 준비했던 것이다.

나는 여행객들이 많이 오는 카페에서 바리스타로 아르바이트를 했다. 간간이 손님들과 영어로 인사를 나누고, 이야기가 통하면 인스타 친구가 되기도 한다. 아르바이트가 끝난 저녁 시간에는 이미 친구가 된 그들과 식사 겸 술잔도 기울인다. 술기운이 돌면 더 깊은 비밀이야기를 나눈다. 그들은 검정 눈동자와 황색 피부를 가진 나에게 마음속 비밀 상자의 빗장을 열어주고, 심지어 사는 동안 자신에게 있었던 어두운 이야기까지도 스스럼없이 내뱉는다.

그들의 삶에 담긴 이야기를 들을 때마다 자존감이 무너져 있는 이방인 친구에게는 지난 시간 나의 경험에 진심을 담아 너란 존재가 얼마나 소중한지를 일깨워주는 깊은 대화로까지 이어진다. 나에게는 살기 위해 수없이 훈련해온 일상이지만 상대와 주고받은 대화 속에 나는 나의 현재 시간을 다시 쓰며 나의 감정을 새롭게 경험한다. 우리가 만나는 누군가는 우리 인생에 징검다리나 마중물 같은 사람이 된다. 인간이란 다른 인간을 통해 내가 아름다운 존재라는 것도 알게 된다. 내가 세상에 태어난 목적이 있고 어떻게 살아야 하는지를 알게 되면, 내 이야기가 시가 되고 노래 가사가 되며 미술 세계의 뮤즈로 생명력을 갖게 된다. 캐나다 여행 중에 만난 이방인들과의 만남에서 나는 또 하나를 깨달았다. 눈동자 색깔이나 피부 색깔이 다르다 하여 편견을 갖지는 않는다는 것이다. 인간은 이런 과정을 통해 성숙한 어른으로 커 가는 것이다.

상처 많은 번데기가 허물을 벗고 나비가 되어 날아가는 순간이 되었다. 자연의 공평한 선물을 받은 것에 눈이 떠지는 시간이 되었다. 바람이 불면 바람에 몸을 맡기고 훨훨 더 높이 올라간다는 것을 알게 되었다. '해와 더 가까운 곳까지 오르면 목이 타들어 갈 것' 같은 갈증을 느끼나 '날개가 타들어 가서 비행하지 못하면 어떡하지?'라는 불안을 느끼지도 않았다. 물론 처음에는 불안을 느낀 적도 있었다. 날개에 큰 부상의 경험이 없다는 것, 내 몸의 적정선을 알고는 불안 대신 높이 날아오르며 경외심을 느끼는 감정으로 바뀌었다는 것이다. 몸의 감각을 쓸 줄 아는 나비는 높이 날 수도 있고 낮고 넓게 날아다닐 수도 있다는 것을 말이다. 날개는 4장이지만 앞날개 2장만으로도 나는 데 지장이 없다고 한다. 2장이 더 있는 이유는 새에게 잡아먹히지 않을 만큼 현란하고 불규칙적인 비행 패턴을 하기 위해서란다. 나비 특유의 아름다운 날개는 날개에 묻은 인분에 의한 것이라고 한다. 이 인분의 존재로 거미줄에 붙어도 미끄러져 거미로부터 달아나 스스로를 보호할 수 있다는 것이다.

'나비가 나인지 내가 나비인지 헷갈린다.' 사람의 신성이 나비에게는 없다는 것을 알지만 매료됐다는 말이고 다시 태어나면 사람이 아닌 나비로 태어나도 괜찮다는 말이다. 저공 저속 비행을 하면서 서로 다른 얼굴을 하고 향기로 말을 걸어오는 꽃들과 인사하고 대롱으로 꿀을 먹고 꽃가루를 옮겨 꽃의 번식을 도우며 정겨운 시간을 보낸다. 그러나 조심해야 할 대상도 있다. 달콤한 향을 풍기며 화려한 매력으로 눈을 가진 많은 종족을 가까이 오도록 만드는 수국과 란타나이다. 이들은 오래 앉아 있다 보면 구토 증상을 유발하고 몸과 마음을 비실비실하게 우울증 걸린 것처럼 만들어 버리고 모르고 다가갔다가는 독이 되는 피해야 할 녀석들이다.

40대가 되어 보니 정서적으로 성숙한 사람들과 함께 밥을 먹을 수 있도록 건강한 경계를 허락하고 싶다. 물론 나비가 독이 되는 꽃을 피해야 하듯 다양한 향기로 말을 걸어오는 사람들 모두에게 시간을 내어 주진 않을 것이다. 내 시간을 사용하는 룰을 지키고 자연스럽게 경계를 존중하고 선천적으로 예의 바르고 남의 공간을 함부로 침범하지 않고 친밀감을 추구하는 사람과 산책길을 걷도록 할 것이다.

20대는 다양한 인간의 스펙트럼을 겪어나갔다면 40대는 정서적으로 성숙한 인간관계를 갖도록 하고 싶다. 부딪치고 깨지는 경험을 통해 사람의 다양한 스펙트럼을 이해하였기에 삶의 수용 범위는 넓어졌고 지혜로워졌다. 고통의 구렁텅이와 한판 붙어먹어 봤으니 이제는 브런치가 맛있는 대형카페를 투어하며 인생의 뮤즈를 글로 노래하는 사치를 부려봐야겠다. 찬란한 청춘이 없었던 나, 그리고 그런 나와 닮아있는 언니와 그 시절을 누려보자!

'나비야, 바람 따라 너풀너풀 날아 춤추고 비가 와도 몸의 감각을 알고 날갯짓을 멈추지 말고, 가다가 힘들면 잠시 꽃에 앉아 쉬었다가 날아오르렴.'

나비는 작고 약한 존재이지만 날갯짓을 통해 자기가 살아있음을 보여준다. 나는 나비를 바라보면서 위로와 감동과 힘을 얻었다. 나도 나비처럼 자유롭고 단단하게 그리고 훨훨 세상을 날아다닐 것이다.

딸의 뒤척임에 잠이 깼다. 몸과 마음이 나비처럼 가볍다.

수호천사를 보내 주시다

인생에서 가장 행복했던 순간은 임신과 태교하던 서른여섯 살 때다. 수호천사 같은 그분을 만났을 때로 나는 입덧이 심했다. 나이가 많은 고위험군 산모였다. 의학적 개입이나 약물을 사용하지 않고 둘라의 도움으로 아기를 분만하는 자연주의 출산을 결심했기 때문에 아기를 낳을 수 있는 강한 근력과 유연한 자궁을 준비하고 모유 수유를 꿈꾸던 때였다. 아이의 숨결을 느끼는 열 달 동안 우리 가족에게 보내 주신 은총은 생각할수록 감사했다. 그래서 태명도 은총이라고 지었다. 나보다 나를 더 잘 아시는 주님께서 '수호천사를 선물로 보내 주심이 아니었을까' 생각했다.

나는 결혼한 지 4년이 넘었는데도 임신이 되지 않

았다. 그래서 인공수정도 몇 차례 했다. 반복되는 실패 속에서 애써 담담한 척 참아왔지만 이내 마음에 생채기가 나기 시작했다. 내가 사는 동네는 젊은 부부가 많은 편이다. 그래선지 유모차를 밀고 끌고 다니는 엄마들이 많다. 그 와중에 울어대는 아이를 달래는 엄마의 빨간 얼굴과 송골송골 맺힌 콧잔등의 땀방울이 부러워서 나도 모르게 눈물을 훔치기도 했다.

그런 우울한 시간을 보내던 어느 날, 집 앞 주차장에 어미 길냥이가 갓 낳은 새끼 세 마리를 데리고 떠돌아다니는 것을 봤다. 뼈만 앙상하게 남은 어미를 보면서 무조건 살려야겠다고 생각했다. 얼른 마트에 가서 고양이 사료 중 영양가가 가장 높은 비싼 사료를 사 왔다. 어미에게 사료를 주자 경계심을 품은 채 허겁지겁 먹었다. 순간 자기가 배 고파 먹는다기보단 새끼에게 젖을 주기 위해서라는 것을 직감했다. 어미를 바라보는 새끼 세 마리도 애처롭게 보였다. 살겠다고 어미 품으로 달려드는 모습에서 인간이나 동물이나 먹고살기 위해서 몸부림치는 건 매한 가지라는 것을 깨달았다.

그렇게 시작된 인연으로, 잠들기 전에는 고양이 가족이 무사하길 바라고 아침에는 일어나자마자 동태를 살폈다. 물도 우유도 주고 사료도 잘게 부수어 새끼들이 먹기 좋게 갖다주었다. 내게 고양이 가족을 살피는 게 하나의 일상이 되었다. 그러나 안타깝게도 새끼 두 마리는 죽고 보금자리에는 마지막 남은 새끼 한 마리와 어미만 남았다. 시간이 흘러 새끼 고양이가 혼자 뛰어다니며 위험에서 스스로 몸을 피할 만큼 되자 어미는 길냥이의 숙명대로 작별 인사도 없이 어디론가 사라졌다. 고양이를 보살피면서 생명의 귀함을 알게 된 나는 얼마 지나지 않아 내 뱃속에도 콩알만 한 생명이 생겼다. 그토록 기다리던 생명을 잉태한 것이다. 그 순간, 어렵고 힘든 시기를 보낼 때 응원해주신 두 분이 생각났다.

한 분은 신앙생활 중에 만났다. 그분은 내가 봉사단체의 책임자를 맡고 있었을 때, 구성원 간의 의견이 상충될 때마다 불만을 잠재우며 헌신하는 방법을 알려주셨다. 의식이 깊고 좋은 글을 쓰는 작가님이기도 했다. 주변에 어려움이 닥치거나 위급한 상황을 만난 사람들을 보면 그냥 지나치지 않고 마음을 열어 동행하는 삶을 몸소 보여주시는 훌륭한 분이셨다. 당시 애타게 임신을 기다리는 마음을 읽으셨는지 '셀렘'이라는 뜻을 가진 식물을 선물해 주셨는데, 그 식물의 꽃말이 '나를 사랑해주세요'라고 했다. 연두 빛깔의 잎이 짙은 초록이 되는 것처럼 그분과의 인연도 그랬다. 하지만 영원한 인연이 없듯이 그분도 새로운 부임지가 결정되면서 떠나셨다.

또 한 분은 교직을 은퇴하고 신앙생활을 하면서 신앙공동체의 구역장 역할을 하신 분이다. 병자성사도 가고 봉사의 자리에는 자신을 드러내지 않고 늘 묵묵히 계시면서 미흡한 나를 있는 그대로 수용해주며 인자하고 따뜻한 위안을 빼놓지 않으시던 분이다. 많은 선을 행하고도 주님께서 따로 주실 복을 알기에 인간에게서 기대하지 않으셨다. 반모임을 하면서 아이 같은 순수한 마음으로 우리를 좋아하고 보살펴주셔서 하늘의 천사 자리 중 한 자리가 이분의 자리가 아닐까라는 생각도 했다.

이젠 이 두 분이 이전 자리에서 새로운 희망과 꿈을 남기고 겸허한 마음으로 더 낮은 자리로 가시듯, 또 새로운 자리에서 더 아프고 치유를 필요로 하는 사람들에게 사랑의 손길을 주시듯, 물론 작별의 아쉬움도 서운한 마음도 있었지만 시간이 흐르면서 이분들의 뜻을 헤아리고 있다.

인간 각자는 다른 사람과 사랑의 균형을 유지하다

가 깨어지기도 한다. 새로운 인간을 만나거나 동물이나 식물과 접촉하면서 다른 인생스토리를 만들기도 한다. 그러다 또 헤어지고 만나고 그렇게 각자의 스토리를 써 나간다. 세상 만물이 자연스럽게 만났다가 이런저런 이유로 이별할 때가 온다. 살아가며 모든 것이 내 의지대로 되는 게 아니라 내 안의 양심이 소리칠 때 보이지 않는 손길이 은총처럼 다가와 일을 벌이는 것이 아닐까란 생각도 해본다. 여태 사는 동안 있었던 존경하고 신뢰하는 분을 생각하면, 내 속의 응원 군단처럼 내가 닮고 싶어서 만나는 지점이 있다. '해와 같이 빛나고 달과 같이 아름답고 진을 친 군대처럼 두려운 저 여인'이란 가톨릭 기도문에 나오는 문구처럼 말이다.

아직도 가야할 길

작년 4개월 동안, 꿈의 도서관 독서모임 '달담'에 참여했다. 달팽이처럼 느리게 그리고 담쟁이처럼 말없이 벽을 오르는 주부들을 위한 독서모임이었다. 도종환 시인의 '담쟁이'란 시를 모티브로 만들어진 독서모임이다. 시 '담쟁이'는 혼자 하는 것보다 함께 한다는 것이 어떤 의미인지를 잘 표현해 준다.

저것은 벽
어쩔 수 없는 벽이라고 우리가 느낄 때
그때,
담쟁이는 말없이 그 벽을 오른다.

물 한 방울 없고,
씨앗 한 톨 살아남을 수 없는
저것은 절망의 벽이라고 말할 때
담쟁이는
서두르지 않고 앞으로 나아간다
한 뼘이라도 여럿이 함께 손을 잡고 올라간다

푸르게 절망을 다 덮을 때까지
바로 그 절망을 놓지 않는다

저것은 넘을 수 없는 벽이라고
고개를 떨구고 있을 때
담쟁이 잎 하나는
담쟁이잎 수천 개를 이끌고
결국 그 벽을 넘는다

　'달담'에서 심리학과 영성을 성공적으로 결합시킨
스콧펙 박사의 『아직도 가야 할 길』을 함께 읽어나갔
다. 꿈의 도서관 클럽장으로 활동하고 있는 세 분의
클럽장님께서 발제를 맡아 진행해주셨고, 열 명의 회
원이 매주 한 시간 반 정도 zoom교실에서 토론하며

삶에 적용시키는 법을 배웠다. 책 수다의 시간은 참 만남을 하며 자신과 만나는 시간으로 진행되었는데, 주부들의 성장을 위해 기획하고 마련한 독서와 성찰의 자리가 귀하고 감사했다. 정신과 의사가 제공해주는 지식을 습득한 후 발제문으로 다양한 생각을 나누고 심리상담사인 클럽장님의 정리로 질 높은 수다가 이어졌으며, 『아직도 가야 할 길』은 내 인생 최고의 책으로 남게 되었다. 귀한 나눔과 돌봄의 경험이었다.

이 책의 집필자 스콧펙은 정신과 의사이자 사상가, 베스트셀러 작가이자 강연자다. 1978년 그의 나이 마흔두 살에 쓴 『아직도 가야 할 길』은 심리학과 영성을 성공적으로 결합시킨 중요한 책이다. 뉴욕타임즈의 최장기 베스트셀러이기도 하다. 이 책은 '삶은 문제와 고통의 연속이다'로 시작한다. 총 4부로 되어 있는데 1부는 훈육, 2부는 사랑, 3부는 성장과 종교, 4부는 은총이다.

특히 일생 동안 '자기 훈육'의 필요성을 강조한 것이 마음에 새겨진다. 나는 곧바로 내 삶에 적용하였다. 아이를 잘 훈육하는 방법은 나를 잘 훈육하는 것과 같다는 것을 알았다. 아이의 아빠도 자신을 훈육하는 것부터 해 낼 수 있게 지도를 펼쳐 나가며 합심하여 육아를 훈련하게 되었다. 하루 24시간 중 잠자는 시간 외에는 성장하고픈 욕구가 넘쳐나고 있어서 동기부여도 충분했다. 책은 삶에 꾸준히 적용하고 응용할 수 있는 힘을 길러 고통을 견뎌낼 수 있도록 도와준다. 감히 말하건대, 성경과 같은 기본서로 삼아도 충분할 것 같다. 어린 시절 끊임없이 '보이지 않는 손'이 나를 은총으로 이끌던 것을 연결해 설명할 수 있었다. 책은 무의식을 점차 의식 수준으로 끌어올려 자유를 맛보게 해 주었고, 몇 번을 다시 읽어도 새로운 의미를 찾고 삶을 풍성하게 만들어 준다. 이 책의 내용을 다시 한 번 생각하면서 정리해 봤다.

1부 훈육에서는 자녀 양육에 관련된 내용 중 부모가 물려줄 수 있는 가장 값진 선물은 진실한 사랑이라고 말한다. 부모에게 충분한 사랑을 받은 자녀들은 자신을 소중하게 느끼는 감정을 어린 시절부터 획득하게 되고, 이는 정신건강에 필수적이라고 한다. 인간은 인생 지도를 수정해 나가는 것을 끊임없이 훈련해야 하는데 이런 지도 수정 과정이 진정한 자기 훈육이라고 설명한다. 책은 융통성 있고 균형감 있게 해 나가야 한다고 말한다.

엄마에 대한 마음을 열어 보면 '차곡차곡 담은 눈물이라 차라리 강이 되어 흘러 넘쳤으면 좋겠는데 그럴 수도 없고, 열꽃처럼 마음에 그리움으로 피어오르는데 삼킬 수도 없는' 그런 것이다. 진정한 어른이 되는 시간을 갖지 못했던 나는 '나를 살리기 위해 엄마를 가슴에 고이 모셔 두기'로 하고 그리움의 강을 건너 애도의 시간을 갖기로 했다. 나는 이상한 엄마로 살았던 엄마를 사랑했다. 엄마의 보호자가 된 열 살 꼬마, 내가 없어졌다. 있긴 했던 걸까? 심리적 탯줄을 끊고 온전한 나로 살기 위해 '나'란 정당성을 찾으며 고장 난 마음을 들여다보며 그렇게 산 지 20년이 되었는데 '엄마가 무엇이기에 자식을 이렇게도 오래 아프게 하는 것일까?'

2부는 사랑을 다룬다. 건강한 사랑을 베푼다는 것은 진심으로 들을 줄 알고 독립적이며 자신을 사랑하고 확장하는 것도 포함한다고 말한다. 사랑하려는 욕구 자체는 사랑이 아니고 사랑은 의지의 행동이며 사랑하는 사람의 성장을 돕는 걸 소망하면서 그 대상을 향해 다가가기 때문에 그러한 일이 가능해진다고 한다. 엄마를 사랑하려는 욕구 자체는 사랑이 아니었다. 엄마의 불안한 마음이 괜찮아졌으면 하고 소망하

오래된 기억이 말을 걸었다

며 다가가던 작은아이의 손길과 감정 쓰레기통을 자처하던 의지의 행동은 사랑이었다. 내가 선택한 배우자는 부모에게 받지 못했던 결핍, 나에게 가장 필요한 수용을 해주는 사람으로 회복의 길을 가도록 격려해 주는 사람을 본능적으로 알고 선택한 것이다. 내가 선택할 수 없었던 부모님과 나는, 만물이 존재할 권리를 가지듯 그냥 만난 것이고 그러니까 담담하게 지나쳐 가도 되는 것이다.

3부는 성장과 종교에 관한 내용이다. 종교관을 재정립할 수 있었다. 특히 정신과 환우들과 상담할 때 종교 망상을 가진 분들이 많은데 종교를 잘못된 신념으로 해석해 망상을 강화하고 증상이 악화되는 경우를 가끔 본다. 또 악인들이 종교라는 선한 탈을 쓰고 심리를 조종하고 죄의식을 자극해 복종하게 만드는 수단으로 쓰는 경우가 많으니 이를 잘 파악해야 하며 바른 종교관을 갖는 것이 얼마나 중요한지 새삼 느끼게 하는 부분이었다.

4부는 은총을 다룬다. 낡고 익숙한 것에 집착하며 변화와 수고를 두려워하고 그저 고통 없이 안락하기만을 바라며 정체되고 퇴보되는 인간이 되는 쪽을 택하려는 영역이 반드시 있다고 하였다. 또한 저자는 이 세상에는 미지의 힘이 있어 건강해지도록 북돋아주는데 이를 은총이라 하고 누구에게나 차별 없이 주어지나 우리 대부분은 게으름 때문에 은총에 귀 기울이지 않는다고 했다. 그러나 우리 자신과 의식적 의지를 넘어 보이지 않는 손길을 깨닫기만 한다면 은총을 경험할 수 있다고 했다. 더 큰 지혜를 바란다면 당신의 내부 의식과 무의식이 만나는 지점. 곧 하느님과 인간이 만나는 지점인 우리의 무의식이 바로 하느님이라고 말하고 있다.

한때는 문제라고 생각했던 것이 오히려 기회가 되고 위험천만의 장애였던 것이 멋진 도전이 되기도 한다. 유익한 통찰력을 제공하고 전에는 부정하고 싶던 감정이 활력과 지침의 원천이 되기도 한다. 자신이 극복한 그 증상까지 포함해서 한때는 짐으로 여겨진 사건들이 이제는 선물로 느껴진다. 치료를 성공적으로 끝낸 사람들은 "내 우울증과 나를 공격한 불안은 최고의 경험이었다"라고 말한다. 사람들이 사랑할수 있는 능력, 즉 성장하려는 의지는 어린 시절 부모의 사랑뿐 아니라 삶 전체에 미치는 하느님의 사랑인은총에 의해서도 자라난다. 종교 의례는 배움을 위한 보조수단이지 배움 자체는 아니다. 한 사람 한 사람이 스스로 뛰어넘어야 하는 것이다. 은총으로 말미암아 휘청거리지 않을 수 있고, 은총으로 말미암아 우리는 환영받고 있다. 더 이상 무엇을 바라겠는가!

심리치료는 내담자가 더 유연한 대응 방식을 갖추도록 돕는 데 있다. 결론적으로 심리상담사에게 지속적으로 상담 받는 데에서 나아가 자신을 훈육하여 스스로 살아 나갈 수 있는 사람이 되도록 하는 목표를 세워야 하는 것이다. 부모가 아니라 신의 보호하심으로 대학에서 전공을 사회복지로 선택했다. 정신건강 전문요원이 되어 임상수련을 거치고 그 후로도 정신분석, 상담, 슈퍼비전과 심리극을 꾸준히 하며 상처받은 나를 치유하고 훈육한 세월이 25년이 되었다. 나와 비슷하게 역기능 가정에서 생존자가 된 분들은 트라우마를 안고 사는데 원가정에서의 자신의 패턴이 친구 관계, 직장, 배우자 선택, 자녀 양육에 어떻게 영향을 미치는지 알기는 힘들다. 억압당하며 살아서 자신의 마음에 대해서도 인식하지 못하는 것 같아 안쓰럽다. 그래서 나를 드러내는 글을 쓰고 책과 인생을 나누며 지도를 그려나가고 온기를 불어넣고 싶다.

나는『아직도 가야할 길』이란 책을 만났다. 푸른 담

쟁이가 손잡고 인생이란 높은 벽을 함께 느리게 오르듯, 안전한 환경에서 자신을 개방하고 공감과 수용을 받으며 나만의 우주를 만들어 갈 것이다. 너무 늦지 않게….

마음 정원사

"지금 나이보다 10살이 많다면 무엇을 하고 있을까?"

나는 삶의 존재 의미를 찾아가는 삶을 살고 있을 것이다. 바닷가의 모래성과 같이 파도가 치면 허물어 없어져 버리는 성이 되고 싶지는 않다. 수많은 영희와 철수의 사랑이야기처럼 그들의 존재 이후에 자녀들만 기억해 주다 사라지는 사람이 되고 싶진 않다. 나의 인생 시간은 10년의 합이 다섯 번은 남아 있으니 조바심 내지 않고 인생 지도를 수정해 가면서 펜으로 쓱싹쓱싹 그려서 기록해 둘 것이다. 그래서 어느 순간 서점엔 내가 쓴 책이 여섯 권은 있을 것이고, 일곱 번째 책을 쓸 때는 힘에 부쳐 글의 속도가 약간

더딜 것이다. 그럴 땐 남들처럼 해외여행을 가기 위해 애쓰기보다는 좋은 책을 읽으며 더 나은 상상의 나래를 펼칠 것이다. 나이가 많아도 가슴 뛰는 삶을 살고 있을 것이다.

정신과 의사 오은영 박사는 하루 평균 두 번 텔레비전에 나오고 있다. 육아 멘토로 유명세를 탔고 육아의 질을 높였다. 김미경과 김창옥은 스타강사로 여러 강연을 통해 국민과 소통하고 있다. 나는 그들만큼 스타 대열에 끼진 못하지만 성장하고 싶어서 미술치료사 자격증을 취득하고 서울시 자아성장 프로젝트를 따내서 진행한 적이 있으며, 대학병원에서 정신건강전문요원 임상수련을 마치고 정신과 병원에서 상담과 프로그램을 진행하고 있다. 정신과에서 위기상황으로 방문하여 입원하는 분들을 만나면 안타까움을 느껴서 오랜 시간 했던 공부와 경험을 통해 그들을 치료해 주기도 했다.

나는 오늘도 '마음 성장과 여정을 함께할 사람, 마음 정원사 이소현'이라는 명함을 갖고 도서관에 상주하고 있다. 도서관이 수많은 책을 구비해 놓고 여러 사람을 만나 대화를 하듯, 나를 책으로 여기고 마음 편히 열람 신청을 하란 뜻에서 그렇게 명함을 만들었다. 나는 오래 전부터 사람책으로 활동하고 있다. 책으로 열람도 시키고 책을 낼 때마다 북토크와 강연을 개최한다. 그리고 성장 여정을 함께할 신바람 나는 프로그램도 도서관에 마련해 두었다. 누구나 쉽게 만나고 서로 응원하며 함께 살아가자는 목적이 여기에 있다.

내가 이와 같은 명함을 갖기 위해 공부를 시작한 것은 자살률 세계 1위라는 불명예스러운 수식어를 갖고 있는 대한민국을 위해서다. 나는 이 나라에 내 뼈를 갈아 개인 역경을 승화시킨 눈물자국에만 머물지 않고 많은 사람을 그 위험에서 벗어나게 하고 싶다. 나의 상처가 은총을 만나서 별이 되었듯이 과거 나 같은 사람들에게 똑같은 사랑을 전하고 싶다. 그렇게만 된다면, 점차 자살률이 줄고 국민이 살기 좋은 나라로 변할 것이다. 자살률도 앞 순위 밖으로 밀려나게 할 것이다. 이런 일에 앞장서서 국민의 마음 건강을 위해 소통하고 인식 높이기를 해서 마음의 정원을 가꾸는 사명을 감당하고 싶었던 것이다.

오늘 강연은 이렇게 시작해야겠다.

"내가 사랑한 이상한 엄마를 가슴속에 고이 모셔 두세요. 그래도 괜찮습니다. 그 자리에 무엇을 채울지 '온리원 인생지도' 그리기를 시작하겠습니다. 마음 정원사 은총별의 마음 정원 가꾸기를 함께 해 보실까요?"

오래된 기억이 말을 걸었다

시선이 머무는 고수의 향기

사춘기가 마흔이 되어 왔다. 초등학생 때 온 사춘기라면 귀엽기라도 하고 중학생 때 왔다면 응당 당연한 거니까 난리브루스를 켜고, 쿵쾅거리는 고릴라가 되어도 이 사회의 깐깐한 어른들도 다 봐준다. '사춘기니까.'하면서 말이다. 그런데 마흔이 되어 갱년기도 아니고 사춘기가 왔다. '너 헷갈려서 말이 헛 나온 거 아니야?'라고 의아하게 생각하는 사람도 있을 것이다. '안다. 나도 안다구! 이 나이에 찾아온 사춘기라 민망하기도 하고 이상하기도 하고 그 정도는 나도 안다구!'

하지만 마흔이라도 사춘기가 온 어른들에게 '다행이다.'고 말해주고 싶다. 인간 발달 과정에서 성취해야 할 과업을 이뤄내지 못하면 이뤄내지 못한 만큼의 구멍이 뚫린다. 그 결핍을 자신의 성품에서 메워나가야 하는데 어려워지면 신경증이 되거나 정신증이 발생하기도 한다. 자신만의 사춘기를 겪어야 할 타이밍에 과도하게 억압되어 지내거나 순도 높은 의존성을 가져서 고통을 당하고 있다면, 인간의 몸은 방어체계가 있어 스스로를 보호하기 위해 사춘기의 혼돈 시기를 밀어내 버린다. 더 위급한 것을 처리하느라고 사춘기를 보낼 시기를 갖지도 못하고 어른이 되 버린 아픈 어른이라는 거다.

스토리가 있는 클래식 음악회에서 감상에 푹 빠져 버렸다는 친구의 이야기를 듣고 있자니 첼리스트는 학창시절 풋풋하게 짝사랑하던 이야기와 첫사랑 이야기, 이루어질 수 없었던 애절했던 자신의 사랑 이야기를 연주와 함께 들려주었다고 한다. 친구의 감상평을 산책길에서 통화하며 듣던 나는 서서히 내 세계로 빠져 들어갔다.

'뜨겁게 사랑한 사람이 있었는가?' 결론부터 말하면 나는 사춘기가 없었다. 청춘 때 뭘 몰라도 한참 몰랐다. 그럼에도 불구하고 연애를 하여 배우자를 선택했고 사랑하여 결혼했다.

나는 냉장고에 오래 넣어두어 여기저기 치이고 수분이 날아가 버린 푸석해진 오렌지 같다. 짜내고 짜내어 봐도 더 이상의 상큼한 과즙은 한 방울도 나오지 않는다. 나무에서 갓 따서 싱싱함을 머금은 맛도 좋고 빛깔도 좋은 오렌지가 좋아 보이는 것을 알지만 나는 그렇지 못하다. 그래서 나는 오렌지 정과가 되기로 했다. 달달하니 당 보충해야 할 때, 어지러울 때, 등산갈 때 챙겨가서 꺼내먹는 그런 게 되고 싶다는 말이다. 또 쫄깃하고 달콤한 오렌지의 풍미가 입안 가득히 퍼져서 기운 내라고 할 수 있고 살다가 지쳐 포기하고 싶은 마음이 들 때마다 쌉싸래한 그 맛으로 다시 생기를 찾게 하고 입안에 그 향이 맴돌며 잔잔한 여운으로 남게 해서, 결국은 그 마음을 고쳐 먹게 해 주고 더 높은 고지를 향해 걸어가도록 격려해 주고 싶다.

인생은 어쩌면 한순간 팔딱팔딱 거리다가 사라져 버리는 싱싱한 강력함보다 쫄깃한 달콤함이 오래 남는 것 같고, 쌉싸래하게 남아서 없애 버리려해도 사라져버리지 않고 오래가는 그 맛이 진정 고수의 향기가 아닐까 라는 생각이 스쳐 지나간다. 채 썬 오렌지 껍질에 설탕 넣고 볶아 오렌지 제스트를 만들고 마들렌에 넣는다. 오렌지 마들렌에 들어가 앙증맞은 모습으로 선물이 되어주고 커피와 궁합을 이뤄내며 수다도 같이 떨어주고 공부할 때 일할 때 응원도 해 준다. 또 오렌지 연어 샐러드에 들어가 잘 버무려지고 조화를 이뤄 눈도 즐겁고 맛도 향도 좋으며 말미에 가서는 입안에 감도는 여운을 남겨준다. 오렌지 마멀레이드가 되어 오래 저장해 두고 쨈으로 빵에 발라 허기를 채워주고, 에이드에 들어가 시원하게 목을 적셔주며, 오렌지 드레싱이 되어 신선하고 기분 좋은 달콤함으로 에너지를 불어 넣어 준다. 이렇게 다양하게 변형이 가능한 오렌지가 되어 주고 싶다. 나는 이처럼 대단하고 고귀한 사람이 된 나를 추앙한다.

풍요롭게 하는 습관으로의 초대

커피 한 잔으로 마음을 달구고 잔잔한 피아노 선율로 마음을 말랑말랑하게 한 다음 노트북 앞에 앉았다.

글쓰기 프로그램 〈마음의 소리〉의 백대현 스승님 말씀이 말랑해진 마음 밭에 뿌려진다.

글을 못 쓰게 하는 방해요소 세 가지로 가족, 돈, 시간을 이야기하셨고, 이를 다스리며 마음씨를 잘 발현시켜 '사람을 살리는 일'을 하라는 가르침이었다. 또한 글은 영적 세계이기도 하며 '누구나 글을 쓸 수 있지만 모두가 다 글을 쓰지는 않는다!'라고 하셨다.

책을 좋아해서 다양한 독서 모임에 참여해 왔던 나는 '그 많은 사람들 중 누가 글을 쓰고 작가가 되는 것일까?' 궁금했다. 내가 만난 사람 중 어떤 이는 다독을 하고 글을 꾸준히 써본 경험이 있었지만 작가가 되려고 생각하지는 않았다. 그것은 자신을 세상 밖으로 개방하는 것에 심리적으로 큰 부담을 가지고 있었기 때문이다.

독서모임의 맛과, 글 작가를 준비하며 글을 쓰는 맛은 다르고 서로 다른 성장의 길을 걷도록 하는데, 글쓰기가 나에게 어떤 것이었는지를 나누고 싶다.

독서모임을 통해 사고가 넓어지는 집단지성의 힘은 혼자 읽을 때보다 확실히 별미다. 이때 나는 인생의 지도를 그려 넣을 수 있었고 생각하는 힘이 길러졌다. 그런데 생각하던 중 행동으로 이어지지 않고 사그라질 때가 많았다.

글 작가가 되기로 결심하면서는 생각과 말의 주인이 나이기에, 바로 행동하며 느끼고 수정하는 마인드 세팅이 신기하게도 동시다발적이고 입체적으로 되었다.

독서모임을 통해 인생지도의 마인드맵을 그려 넣었다면, 글 작가가 되기 위한 글을 쓰면서는 생각을 넘어 실행 단계로 움직이고 도전하는 데 주저함이 없었다. 두려움이 없어졌다는 뜻이 아니고 그 두려움마

저도 안을 수 있다는 표현이 맞을 것 같다. 내가 느끼고 표현하는 모든 감정과 글에 정당성이 생기며 살아 있듯 움직이고 이어져 닿기도 한다는 말이다. 모든 것을 완벽한 시나리오대로 움직이려고 머리를 싸매지 않고도 시작할 수 있고 그렇게 해도 괜찮아졌다는 뜻이다.

중간 중간에 다양한 경로로 인풋(input)이 들어오는데 하모니를 이루기도 하고 불협화음이 생기기도 한다. 그것이 인생이고 글쓰기도 이와 비슷하다는 생각이 든다. 한 걸음 한 걸음 성장하다가 벽에 막히거나 그래서 둘러가기도 하고, 그 벽 아래가 낭떠러지인 줄 알았는데 평화의 낙원인지라 뜻밖의 재충전을 하며 뛰어오를 준비를 하기도 한다.

이렇듯 인생길과 글쓰기가 비슷하다 보니 글을 쓰며 인생을 맛보고 생각지도 못한 유쾌함을 덤으로 얻는다.

내가 글을 쓰는 이유는 '나로 사는 맛'을 맛보았기 때문이다. 우주의 기운을 받아서 마주하는 인생 순간 순간에 마법 주문을 걸어보기도 한다.

운동할 때 마법 주문을 걸면 평소 보이지 않았던 다양한 것들이 감각적으로 쏟아져 들어온다. 헬스장

트레이너의 세심한 눈길을 따라 마주한 곳에 연세 많으신 이용자의 핑크 계열 운동복과 젊게 입고 오신 것에 대한 예의 바르고 정감 넘치는 칭찬이 있다. 그 시선을 따라가서 만나는 곳에는 이를 바라보는 다른 신입 트레이너의 배움을 갈구하는 절실한 눈빛과 그 시선을 눈치채지 못하게 바꾸어 버리는 시기하는 눈빛도 순식간에 들어온다. 시선과 제스처로 심리적 거리를 가늠해 볼 수 있고, 흘리는 땀의 양과 호흡 정도, 종아리 근육의 미세한 경련들로 신체적 컨디션을 알 수 있다. 개별적인 것과 전체 역동이 눈에 들어올수록 내 감각은 평안해지며 자유롭고 익살스러워진다.

소도구를 이용한 격렬한 운동이 시작되고 피해 갈 수 없는 바로 내 차례. 신입 트레이너에게 향했던 시선을 거두어들인다. 세심한 트레이너의 응원과 매서운 감시, 미묘한 경쟁자가 된 운동하러 온 옆의 여자와 앙상블을 이루는 시간이다.

트레이너의 응원 구호에 감각을 맡기고 기마자세는 더욱 바짝 낮추고 경마장의 말을 조련하는 기수가 된 것 같은 착각을 입는다. 기마자세를 멈추면 '내 말은 꼴찌다'란 각오로 두 다리로 버틴다.

양팔로 부여잡은 긴 밧줄 같은 도구는 중식 주방장의 웍이 되어 뜨거운 불 앞에서 휙휙 돌려가며 맛의 향연을 펼쳐낸다. 손목에 리듬을 타며 넘실거리는 파도는 이글거리는 태양 아래 멈추지 않고 제 할 일을 한다. 온몸이 뜨거워지고 땀이 이마를 적셔 뚝뚝 떨어지고 등짝 깊숙이 적셔버리고 팔과 다리는 이미 내 것이 아닌 양 부들부들 떨리며 요동을 칠 때, "멋지다!"라고 멋지게 패배를 인정하는 운동하는 옆 여자의 환호성이 터져 나온다. 의기양양하게 '내가 기수'가 되었다가 '말이 되었다'가 '주방장이 되었다'가 '웍이 되었다'가… 물아일체가 펼쳐진다.

'누구나 인생을 살지만 모두가 다 인생의 참맛을 알지는 못한다.'

백대현 스승님의 가르침이 마법주문처럼 일상의 모든 순간 마음의 소리를 경쾌하게 뚫고 나온다.

일상의 순간들에서 폭풍우 같은 마음을 생생하게 글로 기록해 두면 언제 그랬냐는 듯 꿀잠에 빠져들었고 쪼가리 난 마음들이 연결된다. 퍼즐처럼 맞춰진 글이 영혼의 세계로 들어가 누군가와 연결되어 다채롭게 살아가기를 기다리고 있다.

초록빛

기억

　나는 어린 시절에 대해 이야기하는 것을 싫어한다. 어린 시절에 대한 기억이 거의 없기 때문이다. 지금의 기억들은 앨범에 있는 사진을 보고, '내가 이랬었구나' 짐작하는 정도도. 신랑은 어릴 적 이야기만 나오면 짜증을 내 과민 반응을 보이는 나에게 이상하다고 말한 적도 있다. 나는 나처럼 기억을 못 하는 사람이 있는지 포털 사이트에서 검색도 해봤다. 혹시 기억 상실증이면 어쩌나 하면서 걱정하기도 했다. 내 어린 시절을 떠올리면, 그때 감정은 외로움, 쓸쓸함, 부끄러움과 같은 단어들이었던 것 같다.

[말]

나는 초등학교 때, 집을 나가면 말을 안 했다. 물론 학교에서도 마찬가지다. 초등학교 때 내 짝꿍은 그런 나에게 말을 붙이기 위해 "성빈아, 나 어제 영화 봤는데 영화 주인공이 너무 잘생긴 거야. 여자 친구한테 꽃을 주는데 감동받았다. 너는 재밌게 본 영화 없어?"라고 물었다. 나는 대꾸하지 않고 그냥 웃기만 했다. "왜 웃기만 해. 왜 너는 말을 안 해?" 하면서 체념한 듯 말했다. 나는 그 말에도 그냥 웃기만 했다. 그때 내 감정이 왜 그랬는지 어땠는지 지금 생각해도 잘 모르겠다.

지금의 내가 그때로 돌아간다면, 나의 그 마음을 알아주는 사람이 단 한 명도 없었을 것이다. 내가 왜 그러는지 살펴봐 주는 어른이 없었다는 말이다. 나는 외로웠었다는 생각밖에 없었다. 그래서 초등학교 시절 나는 말을 안 했던 걸까? 성인이 되어 생각해 보니 당시 내가 말을 안 했던 것은 '선택적 함구증(緘口症)'이었다.

그 원인은 우리 가족 분위기에 있었던 것 같다. 우리 가족은 아빠, 엄마, 나, 동생 셋, 모두 여섯이다. 우리 집은 가정 형편이 어려웠다. 엄마 혼자 네 명의 아이를 키우는 일은 쉽지 않았을 것이다. 주로 바깥일을 하시는 아빠도 아이들과 집안일에 분주하셨던 엄마도 학교에서의 나의 모습을 신경 쓸 수 없었으니 전혀 몰랐다는 게 맞는 말일 것이다.

[집]

나는 고등학교 2학년 때까지 방 한 칸에 부엌이 딸린 작은방이 있는 집에서 살았다. 화장실은 여러 집이 같이 써야 하는 재래식 공용 화장실이었고 당연히 욕실도 없는 그런 집이었다. 내 기억에는 없지만 엄마의 말씀으로는 우리 집은 이사를 자주 다녔다고 한다. 아무튼 나는 자주 씻지도 못 했고 화장실도 재래식 화장실이라 화장실 가는 게 무섭고 싫었다. 사춘기 때 온 가족이 한방을 써야 한다는 것도 힘들었다. 나는 집이 싫었다. 다른 친구 집에 놀러 가면 깨끗한 아파트나 단독주택에 화장실도 집 안에 있고 깨끗했다. 친구들이 부러워서 쳐다보고 있으면 그런 사정을 모르는 친구들이 우리 집에도 놀러 가자고 했다.

그러나 한 번도 친구들을 우리 집에 데리고 가지 않았다.

고등학교 때는 학교까지 버스를 타고 다녀야 했는데 혹시라도 우리 집을 누가 알기라도 할까 봐 집에 올 때도 아이들 몰래 혼자 다녔다. 집이 어딘지 물어보면 얼버무리며 대충 말했다. 이렇게 나는 우리 집에 친구들을 초대한 적이 단 한 번도 없었던 것이다. 친구들을 당당하게 집에 초대하지 못하는 나 자신이 불쌍했다. 이런 상황이 반복되다 보니 나의 자존감도 바닥이 되었다.

[동생]

나는 어릴 적 '내성적' 아이였다. 말이 없고, 웃음이 없고, 자신감이 없고, 리더십이 없었다. 가지고 있는 건 부끄러움, 낮은 자존감, 불안감이었다. 나에게는 세 명의 동생이 있었는데 그 동생 중에는 나와 정반대의 동생이 있었다. 사랑스럽고 예쁘고 착한 동생이었다. 이 동생은 누구에게나 사랑받는 아이였다. 나는 내가 가지고 있지 않은 걸 갖고 태어난 동생이 부

오래된 기억이 말을 걸었다

러웠다.

'아, 저 아이는 나랑 다르구나. 사람들이 많이 예뻐해 주고 사랑해 주네. 나는 왜 동생처럼 못하는 거지. 나도 사랑받고 싶은데….'

그 동생을 포함해서 다른 동생들과 함께 찍은 사진 한 장이 있다. 내 표정은 경직되어 있었고 다른 동생은 예쁘게 웃고 있었다. 나는 이런 나에 대해 마음속에만 가지고 있었지 그 어느 누구에게도 말한 적이 없다. 어릴 적 이 증상을 평생 갖고 살면 내가 죽겠구나라고 생각했다. 이제라도 상담을 받아 봐야겠다고 마음먹었다. 감추고만 살았던 것을 이제는 드러내고 싶고 말도 하고 싶어졌다.

마침, 목요일 글쓰기 수업에서 나의 마음속에 있는 것을 꺼내야 하는 이유를 들었다. 그 이유를 듣고 나서 상담 센터에 예약했다. 선생님에게 '왜 저는 어린 시절 기억이 안 나는 걸까요?'라고 물었다.

사실 상담센터에 가기 전, 작년 4월부터 불면증과 우울을 조절하는 약을 먹고 있다. 내가 우울증을 알아차린 건 작년이었지만 나는 이미 오래전부터 우울 증상을 가지고 살았다. 과거가 중요하지 않다고 생각하며 살았는데 바로 글쓰기 수업을 들으며 생각이 바꿰었다. 나의 과거 상처가 치유되지 않으면 나는 여전히 어린아이에 머물러 있게 되고 더 성장하지 못할거라는 걸 듣고서 바뀐 것이다.

너의 꿈은 무엇이니?

[꿈]

어느 날 저녁 아이들과의 대화를 기억하니? 그날은 아이들과 미래 이야기를 하는 중이었지. 그래 맞아. 그날 우리는 서로의 꿈에 대해 이야기했었어. 아이가 물었지. "엄마는 커서 뭐가 될 거예요?" 아이의 질문에 나는 깜짝 놀랐어. "엄마는 이미 다 컸는데? 그래 엄마는 몸만 컸지 마음은 아직 10살 어린이가 맞다. 사실 내가 뭘 하고 싶은지 엄마는 나이 40이 넘도록 모르고 있어. 엄마의 마음은 너희랑 똑같은 어린아이야." 그리고 말했지. "엄마? 음, 엄마는 작가가 될 거야."

나는 왜 작가가 되고 싶다고 말했을까? 글을 쓰고 있는 것도 아니었고, 글쓰기를 배우고 있는 것도 아니었다. 글쓰기에 재능이 있는 것도 아니었다. 그런데 왜 작가라는 말이 나왔을까? 마음속 깊은 곳에 담아둔 나만의 이야기를 하고 싶었던 건가. 요즘 글 쓰는 게 재미있다. 계속 쓰고 싶고 더 잘 쓰고 싶다. 나는 정말로 작가가 되는 게 꿈인 것이다. 그래, 성빈아 작가가 되어서 사람들을 위로해 주고 응원해 주는 글을 써. 당신도 할 수 있다는 용기를 주는 글을 써. 너의 글을 읽고 희망을 가질 수 있고 동기부여도 해 주는 그런 글 말이야. 너의 글을 통해 누군가 단 한 사람이라도 마음에 변화를 느낀다면 된 거야.

[글쓰기 수업]

　'얼마 전부터 글쓰기를 배우고 있지? 글쓰기를 배우면서 마음이 어때? 글쓰기를 배우며 느끼는 마음이라면 즐거움, 어려움, 기쁨, 슬픔, 기대감, 재미있음, 막막함, 여러 감정이 느껴져. 첫 수업 때는 처음으로 글쓰기라는 것을 배우니 기대감이 있었고, 5회, 6회

수업이 진행될 때마다 힘들기도 했어. 나의 어린 시절을 떠올리며 글을 쓴 날은 온몸과 맘이 아플 정도로 힘들었고. 그런데 미래의 이야기를 쓸 때는 행복했어. 글을 쓰기만 하는데도 마음이 행복해지기도 하고 힘들어지기도 한다는 게 신기했어. 더 신기한 건 힘든 이야기를 글로 쓰고 그것을 사람들에게 공개했을 때 내 마음이 조금은 가벼워졌다는 거야. 글쓰기가 내 마음에 위로를 주고 아픔을 치유해 준다는 걸 안 해 본 사람은 모를 거야.'

글쓰기 수업을 시작하고 나를 돌아보게 되었다. 이전의 나는 하루의 모든 일과가 아이들에게 맞춰져 있었다. 나 혼자만의 시간에도 아이들과 어디를 가면 좋을지, 아이들에게 어떤 것을 가르치면 좋을지, 어느 학원을 보내면 좋을지, 이런 생각만 했다. 나를 생각하는 시간은 하루에 몇 분도 아닌 일주일에 몇 분 정도밖에 되지 않았던 것 같다. 글쓰기를 하면서 비로소 내 모습이 보였다.

'내가 없는 나.' 아이들이 나에게 꿈에 대해 물었을 때처럼 나는 어떤 삶을 살고 싶은지 생각하지 않았다. 하루하루 살아내기 바빴다. 글쓰기 덕분에 나에 대해 생각하게 됐다. 아이들의 엄마보다는 당당히

'배성빈'이라는 사람을 찾게 해 준 글쓰기 수업에 참여하길 잘했다. 그리고 나는 글 쓰는 사람이 될 것이다.

'그래 성빈아, 꼭 글을 쓰는 사람이 되렴. 유명한 작가가 되지 못해도 좋아. 글을 쓰면서 네 마음이 치유된다면 그거 하나만으로도 충분해. 물론 너와 같은 비슷한 사람들의 마음에 희망과 소망을 주는 그런 작가가 된다면 더 좋겠지만. 언제나 너를 응원할게.'

[사랑받고 싶어서]

나는 작년 4월부터 우울증으로 병원을 다녔다. 병원에서 한 것은 아주 간단한 상담과 약 처방이 전부였다. 그동안은 상담센터 비용이 부담되어 약 처방만 받았다. 상담센터의 상담비용은 50분에 8만원인데 외벌이인 우리 집 경제 사정을 생각하면 도저히 다닐 수가 없었다. 그런데 이제 생각이 바뀌었다. 돈도 중요하지만 내 마음이 빨리 치료되고 변화해야 한다고 생각한다. 나는 상담센터 예약을 했고 2주 전 처음으로 선생님과 상담을 했다.

오래된 기억이 말을 걸었다

"저는 아이들을 정말 잘 키우고 싶어요. 그래서 아이들에게 매일 새로운 놀이를 해 주고, 많은 체험을 하게 해 주고 그랬던 거 같아요."

"어린 시절 상처로 사랑받고 싶은 마음이 아이들에게 완벽한 엄마가 되어야 한다는 생각을 들게 한 것 같네요."

"네, 맞아요. 내 아이들은 사랑받고 자랐으면 좋겠고 행복했으면 좋겠어요. 저는 정말 열심히 아이들을 키웠어요. 완벽한 엄마가 되고 싶었어요."

나는 아이들에게 완벽한 엄마가 되려고 해서 많이 힘들었나 보다. 내가 겪었던 외로움과 슬픔을 아이들은 절대 느끼지 않았으면 했다. 완벽한 사람은 있을 수가 없는 존재인데 나는 그 존재가 되려 했다. 앞으로 이 선생님과 상담하면서 어린 시절 내 상처를 치유하고 당장의 문제도 해결하고 싶다. 선생님과의 상담 과정도 글로 남겨 놓을까 한다. 나는 요즘 무엇이든 쓰고 남기고 싶다.

[아이들과 함께 자라기]

우리 가족은 처음으로 안성팜랜드에 갔다. 그날 기온은 27도였다. 햇볕이 뜨거웠다. 그늘이 없는 곳에서 있으면 살이 타는 듯한 느낌이 들었다. 그래도 바람이 불어서 얼마나 다행이었는지 모른다. 그늘에만 있으면 시원한 날씨였다. 그러나 우리는 많이 걸어야 했고 그늘은 많지 않았다. 다들 더위에 지쳤고 가지고 간 5병의 물을 다 마셨다. 음료도 마시고 아이스크림도 먹고 추가로 물도 더 샀다. 날씨가 더우니 나는 지쳤고 짜증이 났다.

"오늘 너무 덥다. 너무 더워서 엄마는 조금 힘들어. 그늘에 앉아서 좀 쉬고 있을게."

아이들과 나들이를 가면 이제 예전처럼 그곳에 있는 모든 것을 다 체험해야 하는 사람처럼 전투적으로 행동하지 않는다. 내 컨디션을 체크하며 내가 할 수 있는 만큼만 하려고 한다. '엄마니까 힘들어도 참고 해 줘야지'가 아닌 '엄마도 사람이니 힘들 때가 있다. 조금만 쉬어 가고 천천히 하자'고 생각한다. 내 삶이 아이들 중심이 아니라 나와 아이들이 함께 어우러져 살아가는 삶을 살자.

아이들은 매일 자라고 나 역시 아이들을 키우며 자라고 있다. 아이를 키우는 일은 진짜 어른이 되는 과정 중 하나인 것 같다.

'성빈아 너무 완벽한 엄마가 되려고 하지 마. 그럼 금방 지치고 힘들어져. 인생은 길어. 아이들은 금방 자라고 언젠가는 엄마를 찾지 않는 시기도 올 거야. 아이들을 사랑으로 키워. 많이 안아주고 사랑한다고 말해주렴. 사랑하는 마음을 아끼지 말고 마음껏 표현해 줘. 그리고 엄마가 아닌 너의 인생을 살아. 아이들의 삶에 네가 끼어 있는 것이 아니야. 너의 삶에 아이들이 끼어 있는 것도 역시 아니지. 너와 아이들은 평생 함께 살아가야 하는 동반자로 생각해. 그리고 아이들과의 대화, 일상을 글과 사진, 그림으로 기록해 둬. 너의 아주 큰 자산이 될 거야.'

나는 요즘 글을 쓰고 싶다. 아니 쓰고 있다. 아이들과의 일상도 모두 기록해 두려고 한다. 작가가 되고 싶은 꿈도 있다. 이렇게 많은 걸 기록하다 보면 나는 작가가 되어 있을까. 내 미래가 궁금하기도 하다.

가족

2023년 6월 5일 11시 〈○○상담센터〉 상담실

[기억]

　2번째 심리 상담 날이다. 나와 선생님은 안부 인사를 하고 곧 상담이 시작되었다.

　"오늘은 원가족에 대해 얘기해 볼까 해요. 어린 시절이 기억이 잘 안 나신다고 하셨는데, 괜찮아요. 생각이 안 나면 생각이 안 난다고 말씀하시면 돼요. 우선 성빈님 가족 구성은 어떻게 되시죠?"

　"저는 아빠, 엄마, 여동생 2명, 남동생 1명이 있어요."

"어머님 아버님 연세는 어떻게 되세요?"

"아빠는 49년생, 엄마는 58년생이요."

"동생들과 나이 차이는요?"

"저는 44살, 둘째는 42살 다 두 살 터울이라서 40
살 38살이요."

"성빈님이 기억하시는 제일 처음 기억은 어떤 거
죠? 학교 가기 전이든 초등학생이든 제일 처음으로
떠오르는 기억이 언제인가요?"

"아. 처음 기억나는 거라면… 기억이 잘 안 나는
데… 정확하진 않지만 초등학교 고학년 때인 것 같아
요."

"그때로 한번 돌아가 볼까요. 성빈님은 무얼 하고
있나요?"

"저는 돌바닥 위에 무표정하게 앉아 있어요. 이것
도 기억이라기보다는 사진이 남아 있어서 알 수 있었
던 것 같아요."

[우리 집]

이때부터는 선생님이 질문을 하지 않으셔도 나 혼자 계속 떠들었던 것 같다. 하고 싶은 얘기가 많았나 보다.

"선생님, 제 어릴 적 기억은 대부분 제가 기억하는 것보다 사진을 보고 내가 이랬었구나 짐작하는 정도에요. 아주 어린 시절은 사진도 거의 없어요. 초등학교 이후부터 사진이 있더라고요. 중학교 때도 잘 기억이 나질 않고 고등학교 때가 그나마 제일 많이 기억이 나요. 저는 고등학교 2학년 때까지 가족 6명이 한방에서 생활해야 했어요. 집은 너무나도 작았고 욕실도 잘 갖추어져 있지 않았어요. 화장실은 주변 다른 집과 공동으로 써야 하는 데다 재래식 화장실이었어요. 친구들은 저희 집을 궁금해했고 저는 친구를 집에 단 한 번도 초대하지 않았어요. 저희 집이 창피했거든요.

고등학교 때는 혹시라도 우리 집을 누가 알기라도 할까 봐 일부러 버스 정류장까지 빙 돌아서 아이들이 집에 다 가고 난 뒤에 버스를 타고 집에 간 적도 있어요. 18살 고등학교 2학년 여학생 그 당시 제가 느꼈던 감정은 친구들에게 숨기는 느낌, 창피함, 내가 불쌍한 느낌이었어요. 자존감이 한없이 낮았어요. 고등학교 때 친구들은 대부분 아파트, 빌라, 단독주택에 살았거든요. 집도 깨끗하고 방도 많고 화장실과 욕실도 집 안에 있었어요. 자기 방이 있는 친구도 있었고요.

고등학교 2학년 봄, 여름을 지나고 가을쯤 우리는 이사를 갔어요. 이사 간 집은 빌라 1층이었는데 방이 3개, 화장실이 한 개, 거실 없는 주방, 양쪽으로 베란다가 있었어요. 이사 간 날 저는 너무 좋아서 학교가 끝나자마자 가족 중 제일 먼저 그 집으로 갔어요. 깨끗하고 넓은 집에 이사를 오다니 제 어린 시절 중 가장 행복한 날이었어요. 그런데 방은 3개였지만 방 하나는 부모님, 또 하나는 남동생, 나머지 방 하나를 여동생 둘과 같이 써야 했어요. 이사는 갔지만 저만의 공간은 없었어요.

둘째가 24살에 일찍 결혼해서 그때부터는 저와 셋째가 방을 같이 쓰게 됐고요. 제가 32살 독립을 했는데 그제야 저만의 공간이 생겼어요. 친동생이지만 나 아닌 다른 사람과 같이 방을 써야 하니 제약은 많고 자유는 적었어요. 전화 통화를 마음 편히 할 수도 없었고 밤늦게까지 텔레비전을 보고 싶은데 그럴 수도 없고 어떤 날은 책을 늦게까지 보고 싶은데 스탠드를 켜놓고 책을 본다고 해도 잠을 자는 데 방해가 되었나 봐요.

어린 시절부터 성인이 돼서까지 사소한 자유를 누리지 못하며 살았어요. 그건 여동생들도 마찬가지였겠지만 어쨌든 그런 상황에 가장 오래 노출된 건 저였거든요. 저는 부모님으로부터 독립하기 전까지 거의 매일 친구들과 약속을 잡았고 집에 늦게 들어가기 일쑤였어요. 주변 사람들은 제가 활동적이고 모임을 좋아한다고 생각했어요. 저도 제가 밖에서 활동하는 걸 좋아한다고 생각하며 살았어요. 32살 독립을 하고 나서야 나는 집에 혼자 조용히 있는 걸 너무나도 좋아하는 사람이라는 걸 알게 되었어요. 누구의 방해도 받지 않고 쉴 수 있는 저만의 공간이 드디어 생겼어요. 이제 숨을 쉴 수 있게 되었어요."

[엄마]

"엄마에 대한 기억에 따뜻한 느낌은 없어요. 엄마

가 나를 따뜻하게 안아준 적도 없고 나를 보고 웃어
준 기억이 없어요. 나를 사랑한다는 느낌이 든 적이
없어요. 엄마랑 동생들과 같이 목욕탕을 갔던 게 기
억이 나고 운동회 날 도시락을 싸서 운동장 돗자리
위에 앉아 계셨던 모습이 생각나요. 회사를 다니지는
않았고 아빠가 하시는 일을 도와주거나 이모 가게 일
을 도와주시는 정도였어요. 그리고 나중에 김치 공장
에서 몇 년을 일하셨는데 제가 보기에는 그때 엄마가
가장 활기차 보이셨어요. 집에만 계셨던 엄마가 회사
에서라도 사람들을 만나고 워크숍도 가고 회식도 하
고요. 그때처럼 활력 있는 삶을 사시면 좋겠어요.

　지금 생각해 보면 엄마는 우리가 어렸을 때 아이 4
명을 그냥 키우는 것만으로도 힘드셨던 것 같아요.
저는 엄마가 그때 우울증이 있으셨던 게 아닐까 이런
생각도 해봤어요. 엄마는 우리에게 꼭 해주어야 할
건 해주셨어요. 4명의 아이를 아침마다 깨우고 아침
밥을 해 주고 도시락을 싸서 학교에 보내고 운동회에
참여하고 수능 치르는 날 아침에도 저를 일찍 깨워
주고 도시락을 싸주셨던 게 기억나요. 그런데 엄마에
게 서운한 감정이 많고 좋은 감정이 안 느껴져요. 가
까운 느낌보다 거리가 먼 사람처럼 느껴지고요.

엄마를 생각하면 답답해요. 저는 엄마가 어떤 사람인지 아직도 잘 모르겠어요. 엄마가 친구를 만나는 걸 본 적이 없어요. 뭔가 배우시는 걸 본 적도 없어요. 제가 엄마 이거 같이 해볼까? 엄마 이거 해보는 거 어때? 하고 권유하면 그 주제에서 벗어나 갑자기 다른 얘기를 하세요. 무슨 음식을 좋아하는지도 모르겠어요. 드시고 싶은 거 있는지 여쭤보면 늘 없다고 대답하고. 먹는 것에 관심이 별로 없으세요. 저희 신랑도 아직까지 장모님이 제일 어렵다고 얘기해요. 정확히 말로 표현을 안 하시거든요. 아빠와의 관계는 겉으로 보기에는 나쁘지 않은데 자식들에게 자꾸 아빠 험담을 하세요. 그래서 저는 성인이 돼서도 아빠는 이상한 사람, 엄마는 불쌍한 사람 이렇게 생각하고 살았어요. 제가 결혼을 하고 아이를 낳고 키우면서 보니 사람을 보는 시각이 달라졌고 스스로 판단을 할 수 있게 됐잖아요. 그러다 보니 아빠와 엄마는 성향이 너무 다른 분들이란 걸 알게 됐어요. 두 분은 성향이 아주 달라서 서로 잘 맞지 않았어요. 엄마는 아빠에게 직접적으로 표현을 하는 걸 어려워하는 분이라 자식들한테 하소연하듯 말하는 게 스트레스를 푸는 유일한 수단이었던 것 같아요. 아빠는 이상한 사람이 아니라는 걸 성인이 되고도 아주 나중에 깨달았어요. 그리고 이상한 게 하나 있는데요. 여동생들과 엄마에 대한 얘기를 한 적이 없는데 둘 다 각자 자기한테 엄마가 제일 잘해 줬다는 거예요. 그런데 저는 안 그렇거든요. 엄마가 나에게 잘해 줬다는 기억이 없고 서운한 감정만 있는데 그건 왜 그럴까요?"

[아빠]

"어릴 적 아빠는 무서웠고 무뚝뚝하셨어요. 저는 아빠랑 대화도 잘 안 했고 아빠가 호통쳤던 것만 기억나요. 밥 먹을 때 시끄럽게 얘기한다고, 자기 전에 떠든다고, 조용히 하라고 소리쳤던 게 기억나요. 좋은 기억은 하나가 있는데 아빠랑 동생들이랑 놀이공원에 갔던 게 기억나요. 그때 사진을 보면 저도 환하게 웃고 있더라고요. 이상한 건, 동생들에게는 잘 못해 주던 아빠가 유일하게 저한테만 잘해 주셨어요. 따뜻한 말이나 정서적인 지원은 아니지만 제가 해달라고 하면 물질적인 건 해주셨거든요. 학원에 다니고 싶다고 하면 보내 주었어요. 그 당시 영어 교재 비싼 게 있었는데 사주었고 고등학교 때 학교에서 가는 일본 여행도 보내주셨어요. 그리고 대학교 학비도 다 지원해 주셨고요. 심지어 다니던 학교를 그만두고 재수를 한다고 했는데 그때도 허락해 주셨어요. 이런 걸 생각하면 아빠는 나에게 물질적인 지원은 잘 해 주셨던 것 같아요. 우리 집 형편을 생각하면 그렇게 해주는 게 참 힘든 일이었을 텐데. 이게 아빠가 저를 사랑하는 방식이었을까요? 하지만 그 어린 시절 아빠를 생각해도 따뜻한 감정은 느껴지지 않아요. 제가 이상한 걸까요? 얼마 전까지도 아빠와 대화하는 것이 어색했어요."

[동생들]

"저는 아직도 기억나요. 제가 고등학교 때 둘째 동생 일기장을 우연히 본 적이 있어요. '아빠는 언니에게만 잘해 준다. 언니가 밉다.' 이런 내용의 일기였어요. 제가 동생이라도 아빠와 언니가 정말 미웠을 것 같아요. 아빠가 저한테만 잘해 주니 엄마가 다른 동생들을 더 챙겨 주신 걸까요? 부모님은 막내 남동생에게 남자라고 특별히 잘해 주거나 차별을 하진 않으셨어요. 동생들과는 싸움 없이 그냥 그렇게 지냈어요."

상담 선생님께서 해 주신 말씀 중 2가지가 기억에 남아 있다.

"성빈님, 힘든 가정 형편에도 가족 간에 큰 문제 없이 지냈고, 성빈님이나 동생 분들도 모두 잘 자랐어요. 이건 창피한 일이 아니라 우리 가족은 힘든 형편에서도 잘 지내고 잘 컸어, 서로 칭찬해 줄 일이에요. 관점을 달리해서 생각해 보시는 게 어떨까요?"

"네, 그러네요. 선생님, 저희 가족은 다 착해요. 누구 하나 작은 집에 사는 걸 불평하지 않았어요. 가족 간에 싸움도 거의 없었고요."

"성빈님이 만약 과거 어린 시절로 돌아간다면 원하는 것은 어떤 게 있을까요?"

"제가 어릴 때로 돌아간다면 관심과 사랑을 받고 싶어요. 단 한 명의 어른이라도 '요즘 어때? 학교생활은 괜찮아? 힘들지? 너는 이런 걸 잘하니 이 직업을 가지면 좋을 것 같아. 요즘 무슨 일 있니? 넌 잘 할 수 있어. 잘 하고 있어!' 이렇게 관심을 가져 주고 내 마음을 응원해 주는 사람이 있었다면 참 좋았을 텐데

하는 생각이 들어요. 저는 칭찬을 많이 못 듣고 자라서 중학교 2학년 때인가 국어 선생님께서 '성빈이는 목소리가 좋아서 성우 하면 좋겠다'라고 해 주셨는데, 이 한마디가 아직도 기억에 남아요."

[나]

어린 시절 나를 힘들게 했던 건 부모님의 정서적 지원이 없었던 것, 그리고 우리 집의 가난한 환경이었다. 부모님도 우리를 키우는 건 서툴고 힘드셨을 것이다. 양육 지식이 없으셨을 거고, 정서적인 감정 교류는 아예 생각조차 못 하셨을 것 같다. 어릴 적, 극내성적이고 예민한 기질의 아이였던 나에게 가장 필요했던 건 관심과 사랑이었다. 부모님으로부터 내가 제일 필요로 하는 것을 받지 못하고 자랐다. 나는 자존감이 낮은 어른으로 자랐다. 나의 성격과 낮은 자존감이 마음에 들지 않아 사는 게 힘들었다. 나는 원래 이런 성격의 사람이라는 걸 인정하기 싫었다. 나 스스로를 사랑하지 않았다. 항상 불안해했고 다른 사람들을 의식했다. 내 이런 성격을 바꾸고 싶었다.

외향적인 사람을 따라 해 보기도 했지만 어색함만 더해질 뿐이었다. 스피치 학원에 다녀보기도 하고 많은 모임에 나가 보기도 했다. 그런데 변화하는 건 거의 없었다. 나 스스로 자존감을 높이는 건 아주 힘든 일인 것 같다. 내 자존감을 높여줄 수 있는 사람이 누구라도 있어야 하는 것 같다.

작년 4월부터 우울증 치료를 받고 있다. 얼마 전부터는 글쓰기를 배우고 있고, 심리 상담도 받고 있다. 조금씩 마음이 편안해지고 생각도 달라지고 있다. 지하에 있던 내 자존감이 이제야 땅 위로 올라왔다. 오래전 우리가 어렸을 때 4명의 자식을 키우던 엄마 아빠의 마음은 어땠을까? 얼마나 힘드셨을까. 안쓰러운 생각이 든다. 엄마 아빠도 그 형편없는 집에 살기 싫으셨겠지? 그곳에서 제일 벗어나고 싶은 사람은 어쩌면 엄마 아빠였을 거다. 우리가 원하는 것을 마음껏 해주지 못해 얼마나 미안했을까? 그 당시에는 먹고사느라 너무 바빴고 아이들의 감정 알아주기, 이런 것들은 생각할 겨를이 없었을 것 같다.

나는 불과 얼마 전까지 엄마 아빠를 원망까지는 아니어도 좋아하지 않았다. 내 상처를 글로 쓰고, 상담센터에서 내 얘기를 하니 나 스스로 생각의 변화가 일어났다. 어린 시절 부모님을 조금씩 이해하게 됐다. 나이 드신 부모님을 보면 슬프다. 부모님이 행복했던 시간, 마음 편히 지낸 시간은 얼마나 될까? 지금은 행복하실까? 부모님께 잘해 드리고 싶다. 어릴 적 부모님과 따뜻하게 보내지 못한 시간이 많아 요즘 들어서는 조금씩 같이 보내려 한다. 아빠는 맛있는 음식 드시는 걸 좋아하니 같이 밥을 자주 먹고, 엄마랑은 대화를 많이 하려고 한다. 앞으로는 어린 시절 일들도 물어보려고 한다. 어릴 적 얘기하는 걸 피하기만 했었는데 이제는 궁금해졌다. 엄마는 그때 마음이 어땠을까? 아이 4명을 어떻게 키웠을까? 힘들지는 않았는지. 나는 왜 엄마에 대한 따뜻한 기억이 없는 건지. 엄마는 무엇에 관심이 있는지. 지금 엄마의 마음은 어떤지. 궁금한 게 많다.

[신랑]

코로나로 인해 한 달째 집에 있다. 일요일은 신랑도 쉬는 날이다. 우리는 오랜만에 바닷가로 외출하기로 결정했다. 바다만 보고 집에 오는 걸로! 아이들 씻기고 옷 입히고 나도 씻고 옷 입고 준비를 마치고 외투까지 다 입었다. 아이들은 이미 신발까지 신었고 한 달 만에 하는 외출로 흥분이 최고조에 달한 상태였다.

아이들과 같이 가려면 카시트가 있어야 한다. 아이 둘을 내가 데리고 이동하는 경우가 많아서 내 차에는 카시트 2개가 항상 설치되어 있다.

"당신, 차 키 어디 있지?"

2시 10분부터 차 키 찾기가 시작됐다.

"여기에 두면 편하다니까!" 신랑이 말했다.

신발장에 차 키를 보관하는 장소가 있다. 거기에 두라는 얘기다. 나는 보통은 그곳에 두는데 가끔은 잊고 외투 주머니에 그대로 두거나 식탁 위에 올려놓기도 한다. 옷 주머니부터 가방 서랍 책장 심지어 아이들 가방까지 다 뒤져봐도 어디에도 차 키는 없다. 오래 걸릴 것 같아 아이들 신발 벗기고 다시 들어와 놀고 있으라고 했다. 신발장에 두지 않은 나 자신을 탓하며 열심히 찾고 또 찾았다. 그런데 없다. 도대체 어디 있을까?

"설마 내가 갖고 있는 건 아니겠지?" 신랑이 말했다.

혹시나 하는 마음에 신랑 백팩을 살펴보는데 거기에 차 키가 있다. 신랑이 얼마 전 트렁크에서 뭔가 꺼낼 게 있다며 내 차 키를 가져갔던 거였다.

그리고 신발장에 차 키를 두지 않고 가방에 그대로 둔 것이다. 차 키를 찾았다는 기쁨, 바다를 보러 갈 수 있다는 기쁨이 너무 커서 그때는 하지 못한 것이 있다. 그때 신랑에게 이렇게 말할걸.

"차 키 신발장에 두면 좋아."

다른 사람의 실수를 지적하기보다 '그럴 수도 있지'라는 생각을 가지면 좋겠다. 누구나 실수는 할 수 있기 때문이다.

[보물 두 명]

나는 딸이 둘이다. 큰아이는 나와 비슷한 성향의 아이다. 예민하고 불안도가 높고 겁도 많다. 반면 무언가 도전하려는 의지가 강하다. 막상 시작하면 끝까지 열심히 한다. 작은아이는 사랑스럽고 애교를 장착하고 태어난 아이다. 뭐든 스스로 하고 열정적으로 한다. 하늘이 전혀 다른 아이들을 내게 보낸 이유가 있는 것 같다.

큰애를 키우며 과거 나의 모습을 보면서 부모님을 이해하게 됐다. 예민한 기질의 아이를 키우는 일이 얼마나 힘든 일인지, 얼마나 많은 노력이 필요한지 알게 된 것이다. 그래선지 나처럼 힘들게 살아가지 않게 하기 위해 나름대로 마음이 편안한 삶을 살수 있도록 도와주려고 한다. 나 어릴 때처럼 부모님을 원망하는 게 아니라 좋은 엄마로만 기억되게 하려고 노력한다. 큰애를 잘 키우고 싶다. 마음이 안정되고 사랑이 넘치는 성인으로 자라나길 바란다. 작은애는 나에게 매일 사랑 고백을 한다. 사랑이 많고 배려심도 있다. 유머가 있고 성실하다. 그냥 둬도 잘 자라는 아이다. 작은애를 통해 나는 어릴 때 배우지 못한 사랑을 배운다.

나에게는 다른 성향을 가진 이 아이들이 보물이다. 그래서 아이들끼리 이야기 나누는 것, 나와 아이들이 이야기 나눈 것을 '말 기록'이라는 비공개 폴더를 만들어 그 안에 담고 있는 중이다. 기록한 내용을 잘 보관하면 나중에 분명히 유용하게 쓰일 것으로 확신한다.

나는 아이들에게 조건 없는 사랑을 받고 있다. 세

상 누구에게서 이렇게 큰 사랑을 받을 수 있을까 싶을 정도로 나에게 큰 사랑을 준다. 어릴 적 못 받은 사랑을 아이들을 통해 몇 배로 받고 있다. 나에게 사랑을 전해 주려고 온 보물 같은 두 아이를 보면서 항상 하늘에 감사를 드린다.

치유

얼마 전, 동생에게서 전화가 왔다. 조카 병원에 가는 길에 할 말이 있어서 전화를 걸었다고 했다. 통화 중에 상담센터에서 주고받은 이야기를 동생에게 했다. 동생과 이런 얘기를 나눈 건 처음이다. 우리에게는 어린 시절을 생각조차 하기 싫었던 것 그 원인이었던 것 같다.

"언니, 나도 큰언니랑 작은언니랑 어렸을 때 그 집에서 어떻게 살았는지 궁금했어. 많이 힘들었을 거같아. 집이 싫기도 했겠지. 나는 그래도 초등학교 때 이사를 갔지만 큰언니랑 작은언니는 클 때까지 그 집에 살았잖아. 초등학생인 나도 거기 살기 싫었는데 언니들은 더했겠지. 큰언니는 그때 어땠어? 작은언니는 그때 어땠을까?"

"어 나 고등학교 2학년 때까지 그 집에 살았잖아. 친구들 초대도 못 하고 애들한테 내가 사는 게 들킬까 봐 버스 정류장까지 빙 돌아서 오고 그런 적도 있어. 나 초등학교 때는 학교에서 말도 안 하는 아이였어. 그러게 나연이는 그때 어땠을까?"

나와 동생은 지난날의 어두움이 눈물로 바뀌어 흘러 내렸다. 그래도 동생에게 상담센터에서 선생님과 주고받은 이야기를 모두 털어놓고 한바탕 울고 나니 마음이 홀가분해졌다. 동생은 통화를 마치기 전에, "그렇게 힘들었는데 나에게 말하지 그랬어?" 하며 끝까지 나를 위로해 줬다.

이제 우리 가족은 그 옛날처럼 좁은 집에 모여 살지 않고 각자의 가정을 꾸려 잘 살고 있다. 환경은 좋아졌지만 여전히 대화가 많은 가족은 아니다. 하지만 이제는 안다. 서로 표현은 안 했지만 항상 걱정해 주는 마음을 가지고 있다는 걸. 지금은 서로의 힘듦에도 공감해 주고 응원도 해 줄 정도로 성숙해졌다.

나는 지금도 마음을 치유하고 있는 중이다. 마음속의 조각을 꺼내기가 부끄러웠다. 특히 어린 시절 이야기를 꺼내면 힘들 줄 알았는데, 아직 완전하진 않아도 치유를 통해 거의 회복했다. 그래선지 요즘 내 마음은 안정되면서 평온해지고 있다.

'지난 과거에 머물러 있지 말자. 과거에 얽매여 있지 말자.

나 스스로 힘들게 하지 말자. 과거를 털어 내고

현재를 즐기며 미래의 내 삶을 사랑을 전하며 살자.'

※ 상담센터에서의 대화 내용은 녹취를 한 것도 아니고 기록해 놓은 것도 아니라 제 기억에 의존해 적은 글이라 내용을 가감하여 적었습니다.

54살

2033년 12월 31일, 나는 은정 언니와 인도 바라나시를 여행 중이다. 잠시 쉬면서 커피 한잔하려고 카페에 들어갔다. 언니가 주문하는 동안 문득 20대 초반 무작정 배낭여행을 갔던 기억이 떠올랐다.

나는 당시 잘 다니던 회사를 그만두고 은정 언니와 두 달 간의 일정을 잡고 인도로 배낭여행을 갔다. 사장님은 한 달 정도는 자리를 그대로 두겠다고 하셨지만 두 달은 무리라고 했다. 나는 그 말씀을 듣고 과감하게 사표를 던졌다. 그때 나는 어떤 생각이었을까?

언니와 나는 인도 여러 지역을 다녔었다. 낙타를 타고 사막에 가서 밤하늘과 별도 보고, 연착된 기차를 12시간 기다려 보기도 하고, 우연히 한국 여행객을 만나면 반가움에 여행지를 함께 다니기도 하고 틈만 나면 대화를 나누기도 했다. 물론 말이 잘 통하지 않는 인도 사람들을 만나면 손짓 몸짓하며 소통하기도 했다.

얼마 전에 큰아이는 수능이 끝났고 고등학교 1학년인 둘째는 겨울방학을 맞이했다. 아이들에게 손이 덜 가는 시기라, 20대 때 인도 여행 중에 먼 훗날 꼭 다시 와야지 하는 소망을 이번에 이룬 것이다. 이번 여행에 신랑도 큰 힘을 주었다. 사실 신랑은 예전부터 인도는 무서운 나라라고 하면서 인도 여행을 좋아하는 내게 갸우뚱했었지만 나의 사정을 잘 알고 있었기에 현금 봉투를 주면서까지 잘 다녀오라고 한 것이다.

언니가 아메리카노 두 잔과 비스킷이 담긴 쟁반을 내려놓았다. 언니가 "어쩜, 인도는 30년 전과 달라진 게 없다니. 30년이면 강산이 세 번이나 바뀐 긴 시간인데…."

"언니, 나는 좋은데? 며칠 사이에 확 바뀌는 경치보단 오랜 시간 자기 모습을 지킨다는 게 얼마나 좋아. 우리도 그랬으면 좋겠는데. 언니나 나는 많이 변했잖아."

"그러게, 네 말이 맞다. 세상은 그대로인데 우린 늙어가니⋯."

언니는 세월의 흐름이 야속한 듯 말끝을 흐렸다. 나는 언니 말에 답을 하지 않고 카페 밖으로 눈을 돌렸다.

인도를 걷는 많은 사람들, 여러 색상의 승용차, 아직도 소코뚜레를 잡고 차도 위에 있는 분들, 비록 다른 나라 사람들이지만 오늘이 지나면 또 볼 수 있을까라는 생각이 들기도 했다. 내가 예전에 본 바라나시의 모습과 거의 변한 게 없는데 30여 년 만에 다시 찾은 나는 어떤가⋯.

12월이지만 인도의 날씨는 가을이다. 여행하기 딱 좋은 날씨다. 언니와 나는 차를 마시며 20대 때 배낭여행을 했던 추억을 꺼내기도 하고, 이 시간 이후에는 어디로 가야 하는지를 이야기하기도 하고, 잠시 말문이 막히면 순간순간 추억에 다시 잠기기를 반복했다.

나는 내 남은 인생 동안 여기를 다시 올 순 없을 것 같다. 그래서 핸드폰과 카메라를 이용해 가는 장소마다 만나는 사람마다 셔터를 누르고 있다. 어느 유명 철학자가 '삶은 과거에 메이지 말고 미래를 욕심내지 말고 이 순간에 최선을 다하는 게 가장 좋다'라 하지 않았던가. 그 의미를 마음에 담고 남은 여행을 하나도 빠짐없이 사진을 찍거나 그림으로 남기고 기록할 것이다. 여행이 끝나는 날, 마음에 무엇을 담고 가게 될까? 20대 때의 인도와 50대 때의 인도가 무엇이 달라졌을까를 생각하며 잘 다듬어서 책으로 남길 것이다. 왜? 나는 글 쓰는 작가이니까.

자유와 도전 그리고 편안함

'인생을 내 마음대로 살 수 있다고?'

그렇게만 된다면 나는 죽을 때까지 내가 하고 싶은 일을 모두 다 하고 살 것이다. 남들이 이상하게 생각할까 봐, 남 눈치 보느라 못했던 일들을 다 해볼 것이다. 그것이 아주 사소한 일이더라도 하나하나 다 하고 살 것이다. 나는 그동안 남 눈치를 너무 보며 살아와서 사소한 것에 변화를 주는 것에도 큰 용기가 필요했다. 정작 사람들은 나에게 관심도 없을 텐데 '이렇게 하면 나를 이상한 사람으로 보겠지? 이상하다고 생각하겠지?' 이런 생각이 가득했다. 이제는 남을 너무 의식하지 말고 살 것이다.

'나는 못할 거야!'

생각만 하고 시도조차 하지 않았던 일들에 도전해 볼 것이다. 나의 가능성을 의심하며 시작도 하기 전에 포기해 버렸던 일들을 해볼 것이다. 결과가 어떻게 나오든 무조건 시작부터 해 볼 거다. 우리 삶은 뭐든 시작하지 않으면 아무 일도 일어나지 않는다.

'나를 드러내고 표현할 것이다!'

나는 나를 드러내고 표현하는 일을 주저 없이 하고 살 것이다. 그동안은 굳이 나를 드러낼 필요성을 못 느끼며 살아왔었다. 불혹의 마흔이 넘어서야 깨달았다. 나를 드러낸다는 것은, 잃어버린 나의 자신감을 찾고 낮은 자존감이 올라갔다는 증거다.

나는 이 세 가지를 실천하며 살 것이다. 단 한 번 사는 삶을 내가 원하는 대로 살 것이다. 나는 자유롭게 살 것이다. 도전하며 살 것이다. 표현하며 살 것이다. 무겁고 침울했던 나의 삶을 가볍고 밝게 할 것이다.

여행하며 사진을 찍고 글을 쓴다. 음악을 듣고 피

아노를 연주한다. 관심 있는 분야를 끊임없이 공부한다. 이를 통해 수입으로 연결되는 일도 찾는다. 물론 그게 무엇인지 아직 찾지 못했다. 그래서 현재 내가 할 수 있는 일부터 한 걸음씩 시작해 보려 한다. 그 시작은 글쓰기다.

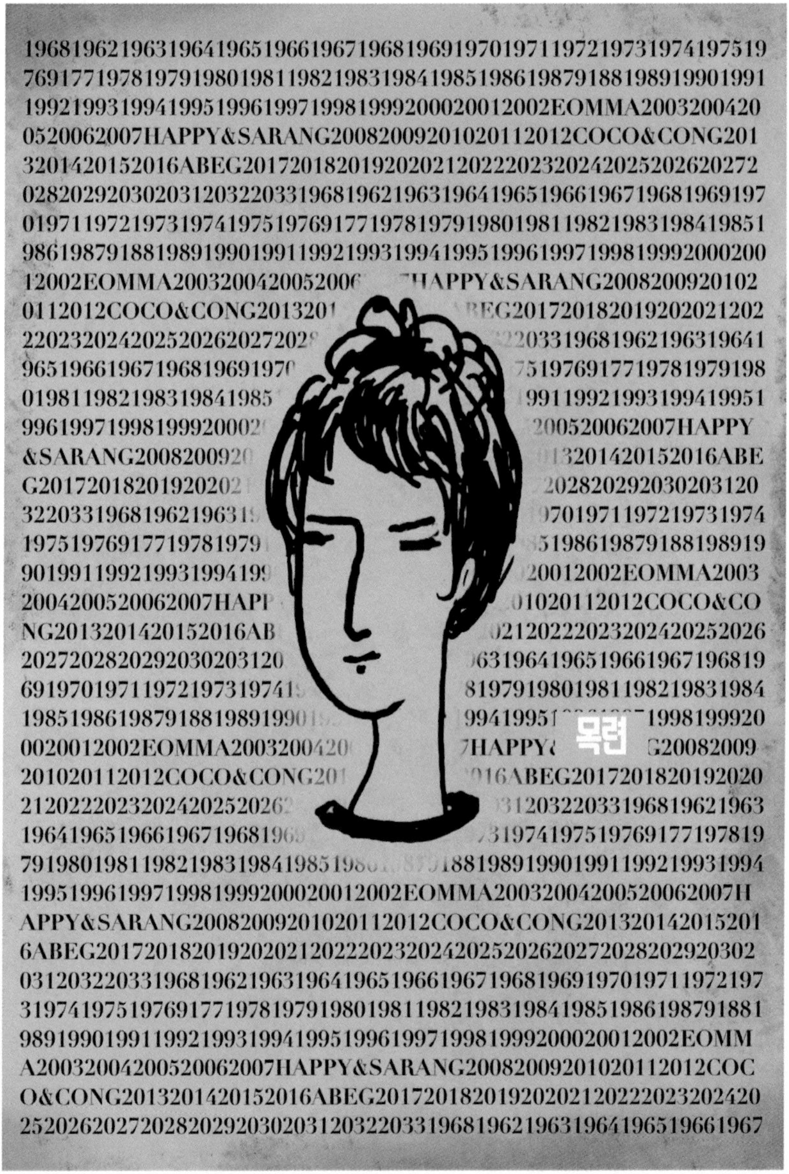
목련

나의 어릴 적, 네버랜드

나의 유년 시절은 즐겁고 아름답던 기억들이 많다. 오랜 시간이 흘렀음에도 선명히 떠오르는 어린 시절의 추억들. 그날들이 너무 눈부셔 생각만으로도 가슴 설렌다.

시골에 사는 할머님이 계셨다. 난 여름 방학만 되면 오빠와 함께 할머님 댁에 머물다 오곤 했다. 그곳은 산과 들과 논이 잘 어우러져 있는 무척이나 아름다운 마을이었다. 특히 아랫마을 끝자락을 가다 보면 높고 넓은 미루나무 숲을 만나게 되는데, 여름에 그곳을 지날 때면 매미들의 요란한 노래 소리가 살랑거리는 바람을 타고 온몸을 감싼다. 그렇게 우렁찬 매미 소리에 흥을 맞춰 껑충껑충 뛰어가다 보면 고운 모래밭이 펼쳐진다. 그 모래밭 사이엔 넓고 끝이 보이지 않는 맑은 냇물이 흐른다. 그 물이 어찌나 깨끗한지 물속 수풀 사이를 헤엄치는 물고기들과 작은 모래 알갱이들의 움직임까지 그대로 다 보였다.

주위 어디를 둘러보아도 초록의 싱그러움이 가득했다. 새소리 매미소리를 따라 숲을 거닐다 보면 풀밭에는 메뚜기, 사마귀, 여치, 방아깨비 등 귀엽고 신기한 곤충들이 즐비하여 탐구 놀이에 정신이 없었다. 그러다 세차게 내리는 소나기라도 만나게 되면 길가 제멋대로 자란 커다란 아주까리 잎을 떼어 우산처럼 머리에 쓰고 비구름에 쫓겨 달리곤 했다. 그렇게 자연 속 친구들과 신나게 놀다 지치면 밭이나 과수원에 가서 수박, 참외, 사과, 포도, 복숭아 등을 실컷 먹고 원두막에 올라가 한숨 자기도 했다. 그리 길었던 한여름의 해가 뉘엿뉘엿 산언저리에 다다르면 초가집 기와집 굴뚝에선 앞다투어 하얀 연기가 모락모락 피어오른다. 지푸라기나 마른나무를 태우는 냄새와 소여물 끓이는 냄새가 구수하게 온 동내에 퍼지고 아침 일찍 밭일에 나선 소달구지들이 하나 둘 줄을 지어 집으로 향할 때면 그때서야 마차에 올라 들어오곤 했다. 그땐 하루에 할 수 있는 놀이가 어찌 그리 많았

오래된 기억이 말을 걸었다

던지, 나의 그림일기는 하루하루 늘 새로운 모험담과 먹을거리 이야기로 가득 찼다.

　나의 유년시절 성장기를 되돌아보면, 나의 풍부한 상상력과 감수성은 할머님 댁에서 키워졌다는 것에 한 치의 의심이 없다. 상상만으로도 행복해지는 그 시절의 설레는 추억들. 할머님 댁은 많은 모험과 즐거움으로 나에게 소중한 가르침을 준 내 마음속 아름다운 세상, 나의 어릴 적 네버랜드다.

매점

'신세계를 만나다!'

내가 다니던 중학교엔 학교 내 매점과 학교 밖 특별관에 딸린 매점 등 두 곳이 있었다. 초등학교와는 달리 학교 안에 매점이 있다는 그것만으로도 정말 신나는 일이었다. 수업 마치는 벨소리가 울리기 무섭게 친구들과 매점을 찾곤 했는데, 아무리 빨리 가도 그곳은 늘 이미 먼저 와 테이블을 차지한 학생들과 길게 줄을 선 학생들로 북새통을 이루었다. 이러다 보니 진짜 운 좋은 날이 아니고선 만족스러운 군것질이란 쉽지 않았다. 어쩌다 그 귀한 행운이라는 것을 만나 원하는 먹을거리를 사고 테이블까지 차지한 날이면 승자라도 된 양 한껏 어깨가 으쓱해져 친구들과의 수다는 더 흥이 났었다.

　진짜 히트는 학교 밖 별관 내에 있는 매점이었다. 교내 안에 있는 매점엔 과자, 빵, 음료가 있었는데 별관 매점엔 라면, 떡볶이가 있었다. 그런데 그 맛이 정말 기가 막히게 좋았다. 집에서 김장할 때나 쓰는 큰 양은 다라이에 라면을 끓여 주었는데 보기엔 물 양이 많아 멀겋고 면발도 불었지만 어찌 그리 고소하고 맛있던지 지금 생각해도 침이 고인다. 떡볶이 또한 별다른 양념 없이 붉은색 고추장 국물에 큰 파 조각과 떡이 어우러져 만들어졌다. 그런데 어떻게 그런 맛이 나오는지 점심시간에 라면과 떡볶이를 먹으려면 거의 초인적으로 달려가 주문을 해야 했다.

　그리 넓지 않은 매점, 이모님이라 부르던 주인아주머니. 그분의 눈대중으로 담기던 우리들의 양식. 운이 좋은 날은 조금 더 많은 라면과 떡볶이를 받아 마냥 즐거워하기도 하고 적다 싶은 날에는 옆 친구들과 비교하며 투덜대기도 했다. 지금은 먹을거리가 다양하고 넘쳐나는 세상이다. 떡볶이나 라면 또한 브랜드 이름조차 너무 많아 외우기 힘들 지경이다. 그러나 단무지 하나만으로도 충분히 맛스러움을 냈던 그 시절 그 매점의 이모님 손맛은 결코 잊을 수가 없다.

그저 추억하는 것만으로도 그 맛에 미소가 절로 지어진다. 이제는 사라져 다시 갈 수 없는 나의 추억의 매점, 고맙다. 네가 있어 내 학창시절이 더 풍요롭고 즐거웠단다.

오래된 기억이 말을 걸었다

쉬엄쉬엄 가자

새벽 5시, 감미로운 멜로디가 살포시 나의 귀를 두드린다. 아직 어둠의 끝자락을 다 거두지 못한 탓에 밤을 밝히던 가로등 불빛들이 새벽 맞이에 피곤한 기색을 하고 서 있다. 창문을 살짝 열었다. 상큼한 바람이 얼굴을 감싸며 입맞춤하고는 이내 이불 속으로 파고든다. 아직은 때 이른 여름이라 어둠의 거리엔 찬 기가 남아 있다.

따뜻한 차 한 잔을 마시며 찌뿌듯한 몸을 이리저리 비틀어 기지개를 켜 본다. 어깨 위로 옹기종기 모여 있는 피로들이 널브러져 떠날 생각을 안 한다. 2년 전 건강에 문제가 생겨 수술을 했었다. 그동안 잔병치레 없이 잘 지내 왔기에 건강은 그다지 신경 쓰지 않았는데 너무 소홀했던 것 같다. 그 계기로 내 자신을 돌보는 마음을 갖게 됐다. 건강을 잃고 건강을 돌본다. 우습다.

지난 세월을 돌아볼 때마다 느끼는 거지만 참 바쁘게 살아왔다. 난 유년 시절부터 심심했던 기억이 거의 없다. 예체능에 소질이 있어 분주한 학교생활을 했다. 청소년 시기를 거쳐 성인이 되어서도 늘 그 재능과 열정으로 바쁘게 지낸 나는 겁 또한 없어 흥미를 끄는 일에 새로운 도전도 서슴지 않았다. 설령 원하는 만큼 성과를 얻지 못해도 개의치 않았으며 실패를 해도 크게 낙담하지 않았다. 그렇다 하여 과정과 시련을 가볍게 여기는 건 아니다. 단지 후회나 좌절이 따라도 굳건히 앞으로 나갈 수 있도록 나를 강하게 잡아주는 힘이 있었다. 난 그 힘을 내 내면의 긍정적 자아라고 표하고 편리하게 '그녀'라 부른다.

그녀는 언제나 열정적으로 나를 응원했다. 젊음, 여행, 도전, 사랑, 낭만, 청춘이 서글프지 않도록 진심으로 열중했다. 원하는 것을 다 얻진 못했다. 얻기 위해 최선을 다 했다. 그거면 됐다. 그걸 깨우쳐준 그녀에게 감사한다. 그래서 나의 젊은 날은 상처조차도 아름답다.

결혼을 하고 아내가 되고 엄마가 되고 강아지들을 키우며 견주가 되었다. 삼십 여 년 동안 3개의 역할, 즉 삼인으로 살아오면서 두 번의 큰 시련을 겪었다. 혼자 일 때보다 지켜야 할 것들이 있었기에 갈등과 힘겨움이 따랐지만 그때도 나의 그녀는 나의 자리에서 꿋꿋하게 나의 것을 지킬 수 있도록 날 강하게 이끌어주었다. 삼인의 삶으로 인해 덮어 두었던 나를 꺼냈다. 긴 시간 내 자리를 비웠다 여겼는데 이제 알 것 같다. 난 처음부터 내 자리를 비운 적이 없었다는 걸. 오히려 그녀로 인해 더 많이 성숙하고 단단해졌다.

실패가 두렵지 않았던 까닭은 그것이 끝이 아님을 알았음이고 내일이 두렵지 않았던 것은 오늘이 미래임을 배웠기 때문이다. 난 가끔 그녀에게 묻는다. '어때? 나 잘하고 있어?' 그녀가 웃는다. '짧지 않았던 세월 날 지켜줘 고맙다. 바삐 쫓아 오느라 뒤꿈치 성할 날 없었네. 햇살 좋고 꽃바람 춤추니 이젠 쉬엄쉬엄 즐기며 가보자.' 그녀가 또 웃는다. 나도 웃는다.

창밖을 바라본다. 피곤함에 졸던 가로등이 빛을 거두었다. 새벽을 여는 바깥 풍경이 마냥 예쁘기만 하다.

나의 가치관

지난 시간을 찬찬히 돌이켜 보면, 가치관에 대하여 이렇다 할 명확한 주제를 정하기보다는 삶의 흐름 속 상황에 맞추어 정의를 내린 것 같다. 가슴을 움직이는 것, 생각을 지배하는 것, 옳다 여겨지는 것 등. 이러한 이념들이 중심이 되었었다. 그런 성향으로 나의 가치관은 시기와 환경에 따라 변화했고 그러한 변화들은 나를 더욱 진취적으로 만들어 성숙한 인격체로 성장시켰다고 본다.

나의 청춘은 자유로운 영혼과 낭만에 젖어 있었지만 참됨을 추구하고 철학에 심취해 사색을 즐기기도 했다. '견자비전(見者非全)'이라 보이는 것이 전부가 아니고 들리는 것이 다가 아니라 여겼기에 비록 보잘 것 없다 하여도 그 존재에 의미를 부여했고 경솔함과 무례함에 빠지지 않으려 노력했다. 뭐 노력한다고 다 되는 건 아니지만 실패조차도 아름다운 시절이었다. 그래서 청춘인가 보다.

나의 삶에서 나의 가치관은 당연히 나만의 것이라 생각했다. 하지만 결혼을 하고 아이들이 태어나 가족 구성원을 이루게 되니 그 구성원이 누구냐에 따라 내 입장이 달라졌다. 내 자신, 아내, 엄마 '삼인 합체'다. 어느 것 하나 중요하지 않은 것은 없다. 그로 인해 나의 가치관은 어떤 나로서 중심을 가져야 하는가에 신중해야 했었고 나의 삶에서 가장 소중한 아이들에게 맞춰졌다. 엄마인 나로서의 가치관이었다. 그리하여 아이들의 유아기, 유년기, 소년기, 청소년기, 성인이 되기까지 성장에 집중했다. 특히 가장 중요하다 여긴 올바른 인성 교육에 심혈을 기울였다.

아이들이 성인이 되면서 여러모로 엄마의 역할에서 자유로워졌다. 나는 지금 위에서 언급한 '삼인 합체'인 완전체로서의 삶을 즐기고 있다. 가정에 대한 시선도 한 발짝 물러서 지켜보고 생각한다. 어린 자식들을 보호하고 이끌어줄 때와 성장한 자식들을 뒤에서 바라보고 돌봐주는 입장이 또 다른 걸 느낀다.

어른으로서의 삶을 깨우쳐 가며 또 성장해 가는 자식들로 인해 내 삶 또한 새롭게 변화되어 간다. 그 변화에 부응해야 됨을 알기에 자신을 돌보는 일에 소홀하지 않으려 노력한다. 그냥 어른이 아닌 내 얼굴의 주름이 부끄럽지 않은 어른이 되고 싶다. 그래서 배움이란 늘 필요하다 여긴다.

'가정의 행복은 화목이 주는 선물'.

나는 '화목(和睦)'이란 단어를 좋아한다. 정말 예쁜 뜻이 담겨 있다. 화목이란 단어를 떠올리는 순간부터 가슴이 따스해지고 평온함이 느껴져 기분이 좋아진다. 지금 우리 가정에서 가장 큰 가치를 두고 있는 단어이기도 하다. 평소 많이 접하는 글이다 보니 어찌 보면 그냥 평범한 단어 같기도 하다. 하지만 이 평범한 단어가 늘 당연한 것으로 있기 위해선 가족 구성원 개개인의 노력이 필요하다 여긴다. 내가 생각하는 화목의 뜻 밑바탕에는 관심과 배려와 존중이 깔려 있다. 이러한 요소들이 어우러져 서로의 뜻을 맞추고 정을 나누며 두터운 사랑과 행복을 만들어 낸다고 믿고 있다. 사실 화목은 가정을 꾸민 그 시초부터 키워 온 행복의 나무이기도 하다. 시간의 변화 속에 화목의 정의가 흔들릴 때도 있었다. 후회와 부끄러움을 깨우치는 덴 그리 오랜 시간이 걸리지 않는다. 그런 경험들이 성찰하는 계기도 되지만 상처를 남길 수 있기에 서로를 아낌에 소홀함이 없어야겠다. 아이들이 성인이 되고 나니 더욱 조심스러워 지는 것들이 많아졌다. 마음을 나누고 생각을 소통하는 것에 실수를 줄이려 노력한다. 앞으로도 우리 가족의 행복 나무가 건강하게 잘 자랄 수 있도록 화목 을 지킴에 있어 성심을 다할 것이다.

지지 아니야

"띠띠 띠띠띠띠 띠띠"

"월월 월월월~~"

"철컥"

아들 집 문을 열자 풍선이가 반갑게 달려들었다. 풍선이는 어린 강아지라 귀여운데 몸집이 크고 개구지다. 좋아라 난리치는 풍선이를 진정 시키고 집안으로 들어섰다. 사방으로 잡다한 물건들이 널브러져 있다. 새벽녘에 아들 내외가 얼마나 허둥대고 나갔을지 훤히 보였다. 하기야 많이 놀랐을 게다. 며늘아기 출산 예정일이 아직 열흘 가량 남았는데 갑자기 양수가 터졌으니 말이다. 첫 출산에 얼마나 당황스러웠을까 싶어 마음이 짠했다. 낑낑거리며 쫓아다니는 풍선이 밥을 챙겨주고 집안 정리를 시작했다.

　요즘 마무리를 못한 글로 애를 먹고 있었다. 전 같지 않게 해를 보낼수록 글쓰기가 어렵다. 조급해진 마음이 생각을 더 무디게 만드는 것 같다. 오늘도 늦은 시간 까지 반복되는 쓰고 지우기로 지쳐있던 때 전화벨이 울렸다. 새벽 2시를 넘어선 시간 순간 느낌으로 딸인가 싶었다. 어제 외손녀 수민이가 장녀 때문에 고생을 했는데 또 문제가 생겼나 했다. 그런데 아들 번호였다.

　"엄마! 주무세요?" 아들의 다급한 목소리에 가슴이 철렁 내려앉았다."

　"왜? 무슨 일이야? 무슨 일 있어?"

　"집사람이 양수가 터진 것 같데요."

　"갑자기? 왜?"

　"배가 양쪽으로 늘어나는 것 같더니 툭 소리가 나더래요. 그러더니 물이 멈추지가 않는다고……. 선생님께 연락했어요. 병원가려고요."

　"그래. 당황하지 말고 새아기 옷 따뜻이 잘 챙겨주고 조심해서 가렴. 엄마도 곧 출발할께"

　생각지도 못한 갑작스런 일에 허둥대며 나갈 준비

를 했다.

병원에 가보니 여러 상황이 좋지 않아 10시에 수술
시간을 잡았다 한다. 시간에 여유가 있어 필요한 물
건들을 가지러 아들 집에 들렀다. 딸에게 소식을 알
렸다. 딸이 새 작품에 들어가 낮에는 수민이를 집에
데려와 돌봐 줬는데 한동안 어려울 것 같다고 했다.
딸은 수민이 이야기엔 아랑곳하지 않고 드디어 고모
소리 듣게 됐다고 신이 났다. 안 그래도 먼저 결혼한
오빠 보다 일찍 아이가 생겨 마음 한구석이 편치 않
았는데 이제 홀가분하다고 한다. 그동안 며늘아기가
아이 때문에 맘고생 좀 했다. 아들이나 며느리 둘 다
늦은 나이에 결혼을 해서 아이를 빨리 갖고 싶어 했
는데 어디 그게 뜻대로 되는 일이랴.

"응앵~~"
아기에 우렁찬 울음소리가 들렸다. 수술실 옆 작
은 모니터엔 '○○○ 왕자님 탄생 축하'란 메시지가
떴다. 잠시 후 간호사가 나와 축하 인사와 산모, 아기
둘 다 건강하다고 전해주었다. 복도에서 심난한 마
음으로 기다리던 가족들은 순간 안도에 긴 숨을 쉬곤

미소를 지었다. 아들은 며늘아기가 마취가 덜 깨 회복실로 함께 가고 우리는 귀한 손님맞이 하러 서둘러 신생아 실로 갔다.

"엄마! 친손주 보신 거 축하해요. 아빠! 설마 이제 우리 수민이 찬밥 되는 거 아니죠?"

옆에 있던 딸아이가 내게 눈을 찡긋거리며 남편에게 볼멘소리를 한다.

"별 소릴 다하고 있다. 수민이 듣는다! 친손주, 외손주가 어디 있어. 다 귀하지."

남편은 품에 안겨 잠든 수민이의 머리를 쓰다듬으며 애틋한 눈으로 바라본다.

수민이는 우리집안에 유일한 아기였다. 그동안 온갖 관심과 사랑을 독차지하는 건 당연하다 여기면서도 딸아이의 농담이 가볍게 내려지지 않았다. 남편이 수민이를 아끼는 마음이 특별하긴 하다. 딸이 살갑게 하는 것도 있지만 어릴 적 심하게 아파 힘들게 성장했던 안타까운 기억이 수민이를 더 챙기게 만드나 보다. 짓궂게 아빠 의중을 떠보는 딸도 우습지만 정색을 하고 대응하는 남편의 반응도 재밌다.

우리는 설레는 마음으로 커다란 유리벽 앞에 서서 신생아실 안쪽을 쳐다보았다. 투명한 사각 테두리가 있는 작은 매트 위에 앙증맞은 아기들이 하얀 포대기에 꽁꽁 싸여 평온히 잠자고들 있다. 네 명의 간호사가 저마다 맡은 일을 하느라 분주히 움직인다. 한 간호사가 우리 앞에 와 산모 이름을 묻는다. 잠시 안쪽 침대를 둘러보더니 내 앞 가까이에 있던 아기를 안고 온다. 잠에서 깨어 칭얼대던 수민이도 호기심에 눈이 동그래져 아기들을 보느라 정신이 없다. 3살짜리 아이 눈에도 신생아들의 모습은 신기했나보다. 간호사가 우리 앞에 서곤 미소 지으며 아기를 보여준다. 순간 우리는 의아한 표정으로 서로를 쳐다보았다. 아기를 보여주던 간호사도 우리의 그런 모습이 이상한 듯 미소가 사라지고 고개를 갸우뚱했다. 그때 딸이 목소리에 힘을 주어 말을 했다.

"○○○ 산모 아기요!"

그러자 무슨 소리냐는 듯 쳐다보던 간호사가 말을 했다.

"네! ○○○ 산모 아기요!!"

그 말에 우리는 어리둥절한 표정으로 다시 서로의 얼굴을 바라보았다. 순간 정적이 흘렀다. 그때였다. 외할아버지 품에 안겨 신기한 듯 아기를 보던 수민이가 손가락으로 아기를 가리키곤 활짝 웃으며 말했다.

"할아버지~ 아가 지지."

그러자 남편은 당황한 표정으로 아니라는 말을 하며 수민이의 어깨를 토닥였다. 순간 딸이 '큭' 하고 웃음을 터트렸다. 나는 놀라 딸에게 웃지 말라는 눈치를 주며 수민이에게 말했다.

"아냐. 지지 아니야. 수민이 예쁜 동생이야."

당황스러웠다. 수민이가 말하는 지지란 싫어하는 거나 예쁘지 않은 것처럼 부정적인 생각이 들 때 하는 소리다. 그런데 아기 보고 지지라니. 옆에서 익살스럽게 웃고 있는 딸을 나무라며 누구를 닮았을까 얼굴들을 떠올리는 내가 우스워 목구멍을 비집고 스멀스멀 기어 나오는 웃음을 참느라 진땀이 났다.

며늘아기에게 갔던 아들이 왔다. 아기를 보는 두 눈에 사랑과 웃음이 가득하다. 행복해 보였다. 그런 아들의 모습을 보는 나도 행복하다 여기는 찰나 아들이 갑자기 묘한 표정을 지으며 말했다. "정말 신기하지 않아요? 어떻게 저렇게 닮아요?" 순간 딸과 나는 또 멈칫한 채 눈이 마주쳤다. '누구? 누굴 닮았다는 거지?' 머릿속에 의문이 스쳐갔다. 딸이 복화술을 하듯 작은 소리로 "엄마! 나 모르는 형제 있어요?" 하며 터져 나오는 웃음을 참느라 오만상을 쓰더니 못 참겠다는 듯 서둘러 밖으로 나갔다.

남편에게 안겨있던 수민이를 건네 안은 아들이 수민이에게 아기를 가리키며 말했다. "수민이 좋겠다. 예쁜 동생 생겨서." '에구' 걱정스런 마음의 소리가 가슴을 울렸다. 난 설마, 제발 하는 간절한 눈빛으로 수민이를 바라보았다. 수민이는 수줍은 듯 비시시 웃으며 아들 목을 꼭 안았다. 그리곤 맑은 목소리로 말했다. "삼촌 아가 지!지!"

낯선 건 그저 익숙하지 않아서일 뿐 건강하게 무사히 와줘 감사하다. 고개를 돌려 아기를 보았다. 기지개를 켜는가 싶더니 작은 입술을 씰룩거리며 하품을 한다. 힘겹게 눈을 뜬다. 두꺼운 쌍꺼풀이 지어지는 눈이 너무 예뻐 심쿵했다. 순간 가슴이 벅차오르며 눈물이 핑 돌았다. 34년 전 나의 아들을 만났다.

집에 돌아오는 길 내내 사랑스런 손주를 떠올리며 행복했다. 이제 더 바랄 것 없는 평온한 삶을 얻은 것 같았다. 어둠이 깔린 차창 밖을 바라본다. 현란한 불빛들이 빠르게 스쳐간다. 불빛이 아름다운 건 아쉬워할 미련도 남기지 않고 사라지기 때문인 것 같다. 묵묵히 운전을 하던 남편이 조심히 말을 건넨다. "병원에서 왜 그랬어?" 눈물이 고인 나를 보았나 보다. "그냥… 지지가 아니더라고요." 입가에 살포시 미소가 지어진다.

☆ 10년 후 나의 삶

가족과 함께 화목한 삶을 가꾸며 글을 사랑하는 예쁜 할머니로 살고 있을 것이다.

보고 싶다 친구야

　오래전부터 계획했다. 그리운 벗인데도 난 그녀를 긴 시간 보지 못했다. 이번 여행은 쉽게 끝날 것 같지 않아 필요한 물품들을 더욱 꼼꼼히 확인하고 넉넉하게 챙겼다. 앨범에 끼워둔 사진 몇 장도 잊지 않고 수첩에 넣었다. 거울을 본다. 갈래머리 총총 딴 내 모습을 떠올려 본다. 실웃음이 나왔다.

　'시간이 많이 흘렀네.'

　차창 밖으로 떨어지는 빗소리가 속이 시원할 만큼 우렁차게 쏟아진다. 여름 여행의 매력 중 하나가 소나기다. 집을 나선 지 얼마 되지 않았다. 뭉게구름 가득하던 푸른 하늘이 작은 산등성 서너 개 지나자 어서 오라 환영 팡파르를 울리듯 세차게 소리 내며 물

폭죽을 터트린다. 달리는 차바퀴 따라 물 쇼가 이어지고 거기에 맞춰 와이퍼는 파워풀하게 춤을 춘다. 좋아하는 노래가 흐른다. 소리를 양껏 높였다.

'빗방울 떨어지는 거리에 서서 그대 숨소리 살아있는 듯 느껴지면~~.'

몸도 마음도 행복에 흠뻑 젖는다.

[1979. 7.]

드디어 방학이다. 우리들의 성화에 종례를 일찍 끝내주신 담임선생님 덕분에 분식점 자리를 차지할 수 있었다.

"원래 먹던 걸로 양 많~이."

"오늘 실컷 먹자. 우리 2주 동안 못 먹는 거 알지?"

"맞아. 떡볶이랑 순대랑 튀김, 라면도 두 개 시킬까?"

"좋아, 좋아."

"자~자 여기 봐봐. 우리 내일 늦으면 안 된다."

"9시 30분까지 터미널 논산 매표소 앞으로 모이는 거야."

"김영란! 특히 너! 정말 늦지 마라."

"네~네, 걱정하지 마세요~."

"이그~ 말은."

"근데 지희야! 부모님 선물 뭐가 좋을까?"

"아냐, 괜찮아. 엄마께서 괜히 돈 쓰지 말고 그냥 오래. 필요한 거 없으시대."

"그래도 처음 가는데, 그건 아니지."

"그래 맞아. 일단 내일까지 생각해 보자."

"야~ 맛있겠다. 오~~ 순대 김 나는 거 보소."

"와 이모~ 오늘 떡볶이 넘 맛있어요."

"뭐래~ 원래 맛있었거든요~ ㅋㅋ ㅎㅎ."

지희네 집은 충청도 계룡 갑사라는 곳에 있었다. 그 당시 두 오빠가 서울에서 직장을 다니고 있는 덕에 함께 올라와 학교를 다니고 있었다. 시골에서 서울로 유학을 온 셈이었다. 우리는 수업이 일찍 끝나는 날이면 몇몇이 모여 지희네 자취방을 찾아 잠시 쉬다 가곤 했다. 우리가 그곳을 좋아했던 이유 중 으뜸은 오빠 한 분이 음악을 좋아해 가요와 팝송 LP판이 많았기 때문이다. 음악을 들으며 감상에 젖고 꿈을 그리고 이야기꽃을 피우다 보면 스트레스가 절로 사라졌다. 생각만으로도 행복한 시절이었다.

'써니'라는 국내 영화가 있다. 시대는 약간의 차이가 있지만 옛 학창 시절이 잘 표현돼 가끔 재방할 때면 추억에 잠겨 보게 된다. 어쩌다 보니 소식이 끊겨 못 보게 된 그리운 친구. 심성이 너무 고와 짓궂은 장난에도 싫은 표정 한번 없던 벗이다. 취직을 했다는 소식이 있었고 고향으로 갔다는 말도 있었다. 그녀를 보러 학창 시절 두 번 가 보았던 그녀의 고향집을 찾아 길을 나섰다. 많이 변했을 게다. 아니 어쩜 사라졌을 수도 있다. 1차선 좁은 길옆에 집이 있었으니 말이다. 마을 이름과 집 앞 풍경만 어렴풋이 생각나지만 그래도 이번이 아니면 진짜 영영 못 볼 것 같아 떠나본다. 이 여행길이 헛되지 않길 간절히 바란다. 어느새 비도 멈췄다. 눈부신 푸른 하늘 아래 싱그러운 초록들이 수를 놓았다. 쭉 뻗은 고속도로를 시원하게 달린다. 이 길 끝에 그녀가 있길 소망 또 소망해 본다.

☆ 마음대로 살 수 있다면 우선 하고 싶은 일부터 하나하나 해보고 싶다. 그 일이 무엇이든 우선순위라는 틀부터 깨고 싶다. 그 틀이 결국 스스로 구속된 삶을 만들었던 건 아니었을까라는 생각이 든다.

어느 여름날

밤새 내린 비로 잠을 설쳤다. 손봐야 될 것들이 한두 가지가 아닌데 삼 일째 변덕스러운 날씨로 몸도 마음도 부산하다. 점심때가 돼서야 잠시 멈춘 비로 부랴부랴 서둘러 아이들 산책부터 나섰다. 이젠 언제 쓰러져도 당연할 나이가 된 '깜', '슈'. 고작 유모차에 앉아 바람 쐬는 게 다지만 이렇게라도 잘 버티어주고 있는 것만으로도 정말 감사하다. 너무 가슴이 아파 생각조차 무섭지만 언젠가 무지개다리를 건너 긴 여행을 떠날 나의 사랑하는 아이들. 그날이 멀지 않았음을 알기에 지금 주어진 이 시간이 너무도 소중하다. 오늘도 난 축축한 바람과 비릿한 비 내음을 맡으며 너희와 함께한 순간순간을 가슴 깊이 담는다.

오래된 기억이 말을 걸었다

이사를 와 마당 한편에 텃밭을 일구며 그 옆에 작은 평상 하나 있으면 좋겠다고 생각한 게 한해를 넘기고 이제야 만들었다. 이것저것 본 것은 있어 이왕 하는 김에 과욕을 부려 기둥 세우고 지붕 만들고 색칠까지 했다. 이리 손이 많이 갈 줄 알았다면 차라리 조립식을 사서 맞출 걸 그랬나 보다. 장마 지나고 서늘해져서 했으면 고생을 덜 했을 텐데 어차피 만들 거 추석 전에 끝내자 싶었다. 식구들 모여 운치 있게 차도 한잔하고 애들 노는 재미도 더해 주었으면 하는 마음이 있었다. 어찌 되었든 좀 엉성해 보이긴 하지만 만들고 나니 나름 자연스러운 게 정겹다. 한동안 내린 비로 얼룩이 진 곳이 있어 색은 다시 한 번 더 칠해야겠지만 잘한 것 같다.

며칠 전, 아들네가 다녀간 뒤 생각이 많아졌다. 며늘아기 산달이 10월이라 몸이 무거운데 준이가 요즘 들어 부쩍 투정이 심해 힘들다 한다. 한창 어리광 부릴 나이에 동생 보려니 시샘이 생기나 보다. 내색은 하지 않지만 도움이 필요한 듯했다. 못해도 두세 달은 준이를 봐줘야 할 것 같은데 문제는 아들네 집에서 지내자니 우리가 불편하고 준이를 데려오자니 여태껏 엄마랑 오래 떨어져 있어 보질 않아 시도 때도 없이 엄마 찾을까 걱정도 된다. 남편은 한 시간이면 다닐 수 있는 거리니까 집에 데려와 봐주자고 한다. 딸이 특별한 일 없으면 거의 주일을 집에 와 쉬다 가는 게 마음에 걸리는가 보다. 사실 나도 같은 생각이다. 안 그래도 요즈음 전시회 준비로 작업하느라 힘들어 하던데 언제든 시간 될 때 친정에 와 편히 쉴 수 있게 해주고 싶다. 남편과 얘길 나누다 보면 은근히 딸아이에게 맘 쓰는 게 느껴진다. 둘이 체질도 같고 유모 코드도 비슷해 재미있게 잘 통하기도 하지만 어릴 적 아팠던 기억 때문에 늘 건강 해칠까 걱정이 되는 것 같다.

그러고 보니 수빈이가 내년에 초등학교 입학을 하고, 수민이는 다섯 살이 된다. 세월이 참 빠르다. 태어날 아들네 둘째는 공주라고 한다. 아들네, 딸네 둘 다 사내만 둔 터라 가족 모두 은근히 기대가 크다. 안 그래도 아들 둘은 제 엄마 편이라 본인은 딸이 필요하다며 딸 타령에 여념 없던 사위는 요즘 들어 부쩍 딸 설득에 정성을 쏟고 있다고 한다. 딸이란 확신만 있다면 나 또한 힘들어도 셋째 하나 더 보라 하겠지만 어디 아들딸 구별해 갖는 게 맘대로 되는 일인가. 내 지나온 삶을 돌아보면, 아들은 나에게 신뢰와 사랑이 가득 담긴 든든한 나무였고 딸은 내 삶 가장 가까운 곳에서 위로와 응원을 보내준 귀한 선물 같은 존재였다. 그 선물 같은 예쁜 딸이 내 딸에게도 있었으면 참 좋겠다.

어느새 어둠이 내린다. 뜰 담장 넘어 가로등이 하나둘 켜지고 풀벌레들의 울음소리가 그치는가 싶더니 가는 비가 다시금 여름밤을 적신다. 비를 피해 어디선가 작은 날벌레들이 창가로 모여든다. 빛을 따라 작은 한 몸 쉴 곳을 찾아온 듯하다. 오늘따라 유난히 그들의 삶이 피곤해 보인다. 늘 이렇게 센티한 건 아닌데 오늘은 너무 생각이 많아 그런 듯하다. 옆에서 잠자던 깜이랑 슈가 번갈아 가며 다리를 움직이며 끙끙거린다. 꿈을 꾸고 있는 듯하다. 우리 예쁜이들 꿈속 나라에선 신나게 뛰어노나 보다. 진짜 꿈속에서라도 건강한 몸으로 실컷 뛰어놀았으면 좋겠다.

"깜, 슈, 엄마가 많이 사랑하는 거 알지~. 예쁜 꿈 꾸며 편히 쉬렴."

어느새 칠순의 문턱을 넘은 나, 오늘 하루도 또 하나의 추억을 만들며 건강하게 마무리하고 있다. 감사한다.

오래된 기억이 말을 걸었다

정말 다행이야

갈대인지 억새인지 모를 풀들이 바람에 몸을 맡긴 채 이리저리 흔들리고 있다. 기분이 이상하다. 나는 눈을 뜨고 하늘을 바라보고 있지만 그뿐이다. 길쭉한 풀들이 등을 찌르는 듯하다. 땅에 사는 작은 벌레들이 내 몸 위를 올라 지나가거나 곁에 머무른다. 나는 나를 올라타는 작은 벌레들을 보며 몸서리를 쳤다. 갈대숲 한가운데 누워 있다는 것을 내 몸에서 빠져나오고 나서야 알 수 있었다. 공중에 떠올라 바라본 내 모습은 나조차도 오랫동안 바라보기 힘든 몰골이었다. 옷과 머리는 헝클어져 있었고 군데군데 굳은 피와 흙과 풀들이 붙어 있었다.

'엄마, 당신도 나를 알아보지 못할 거야.'

온몸이 쑤셔온다. 몸은 천근만근 같아 미동조차 할수 없다. 한낮 뜨거운 햇살에 덴 듯 얼굴이 화끈거린다. 눈을 떠보려 했지만 눈 사이 진물이 굳어 붙은 것처럼 꿈적도 안 한다. 언제부터 이 꼴로 있었는지 도대체 지금 이 상황이 뭔지 내가 왜 여기에 있었는지 모르겠다. 생각을 하려 하면 할수록 머리만 아파 온다. 어디선가 개 짖는 소리가 들린다. 그 소리는 점점 가까이 들려오고 있다. 두려움에 뜨겁게 달구어진 얼굴 양 볼 위로 소름이 돋는다. 심장은 쿵쾅거리며 요동을 치지만 도통 아무 짓도 할 수 없다. 얼마 후 헥헥거리는 소리와 함께 껄끄러우면서도 미끌거리는 뜨끈한 물체가 내 얼굴을 핥는다. 비릿하고 역겨운 냄새가 나는 액체가 얼굴에 범벅이 된다. 굳었던 눈꺼풀이 조금씩 벌어진다. 눈부신 햇살을 등지고 검은 개가 내 얼굴을 연신 핥으며 끙끙거린다.

'아, 다행이다. 깜이구나.'

뜨거운 햇살이 눈을 찌른다. 질끈 다시 눈을 감았다. 순간 온몸에 힘이 빠지며 편안해졌다. 아픔도 사라졌다. 바람이 싱그럽다. 짙은 풀 냄새가 한결 기분을 좋게 해준다. 몸이 둥둥 떠오르듯 가벼워지며 육신이 자유로워졌다. 눈을 떠 주위를 둘러본다. 뭉게

구름이 두둥실 가득한 하늘은 여전히 맑고 예쁘다. 개 짖는 소리가 들린다. 깜이 소리다. 소리 나는 곳을 쳐다봤다.

'어! 이게 뭐야!'

내 몸이 공중에 떠 있었다. 아래를 쳐다봤다. 산 중턱 고속도로 옆 깊은 낭떠러지 밑의 갈대숲이다. 가쪽 갈대가 푹 파인 곳에 사람이 누워 있고 깜이가 옆에서 연신 짖고 있다. 가까이 다가가자 깜이가 미친 듯이 짖으며 꼬리를 흔든다.

'헉! 이게 뭐야?'

너무 놀라 자리에 풀썩 주저앉았다. 깜이 옆에 있는 건 몰골이 엉망인 채로 누워 있는 나였다.

'도대체 이게 뭐지? 내가 왜 이 꼴을 하고 여기에 이러고 있는 거야?'

깜이는 나를 보고 좋아라 꼬리를 흔들다가도 미동 없이 누워 있는 내게로 가 얼굴을 연신 핥아대는 일을 반복하고 있다. 눈앞이 까마득하고 생각이 정리되지 않았다.

'나 죽은 건가? 사고 난 거야? 왜? 왜? 어떡하지.'

'깜이야~ 이리 와. 넌 어쩌다 엄마랑 있는 거야. 도대체 무슨 일이라니. 아! 그래 맞아!'

생각났다. 난 깜이와 함께 강원도 평창에 있는 유기견 보호소로 여름 봉사를 다녀오던 길이었다. 3박 4일의 일정이었으나 일이 일찍 마무리돼 전날 저녁 먼저 귀가하던 중이었다.

'그래 그래 맞아.'

오던 중 깜이가 속이 불편한 듯 헛구역질을 해 잠시 쉬어 가려 경치 좋은 산 중턱에 차를 세웠었다. 여름날 시골 저녁 하늘은 황홀할 만큼 아름다웠다. 이곳저곳 작은 별들의 축제들이 벌어지고 나무와 꽃과 풀벌레들의 감미로운 노래와 수다들이 귀를 즐겁게 해주었다. 제법 높은 산 중턱 아래엔 갈대들이 너울대며 춤을 춘다. 이틀 동안 정을 나누었던 아이들이 떠오른다. 늘 눈에 밟혀 안쓰럽지만 아직은 가슴으로밖에는 안을 수 없어 마음 한쪽이 더 아리다. 이런저런 생각으로 마음을 추스르다 옆을 보니 깜이가 보이지 않았다. 너무 놀라 아이를 찾아 주위를 둘러봤지만 보이지 않는다. 두려움이 밀려왔다. 어둠은 더욱 짙어졌고 나의 몸과 목소리는 떨리기 시작했다. 주위엔 아무도 없다. 간간이 차들만 다닐 뿐이다. 그때 도로 건너편 아래쪽에서 검은 작은 물체가 움직였다.

'아 깜이다. 깜이야~~.'

아이를 부르며 길을 건너는 순간 밝은 빛이 나의 몸을 때린다.

'악~~.'

순간 몸이 붕 뜨는가 싶더니 기억이 희미하게 사라졌다.

"엄마! 엄마!"

"으~~응~~."

"엄마 왜 그래요? 무서운 꿈꾸셨어요?"

"어? 그래. 꿈이었구나….."

"그러니까 사건 사고나 무서운 거 보지 마시라니까요."

"어 그래. 그런데 그게 참….."

"그리고 소파에서 잠드시면 불편해서 악몽 꿀 수 있으니까 방에서 편히 누우세요."

아들이 놀랐는지 얼굴이 상기되어 있는 걸 보니 미안하기도 하고 웃음도 나왔다. 이마에 식은땀이 맺혔다. 곁에 껴서 잠자던 깜이가 깨어 날 보고 꼬리치며 웃는다. 꿈을 생각하니 끔찍해 머리가 저절로 도리질쳐졌다.

"깜이야 이리 와. 엄마랑 방에 가자."

잃어버리는 줄 알고 놀랐던 가슴을 쓸어내리며 방에 가 누웠다. 깜이를 품에 꼭 껴안고 맑고 큰 예쁜 눈망울을 바라보며 말했다.

"아무 일 없어 정말 다행이다. 그런데 옛 어른들께서 말씀하시길 꿈은 반대라 하셨어. 그러니까 엄마는 건강하게 오래 살 거야. 그리고 꿈에서 죽거나 피를 보면 횡재수가 있단다. 우리 내일은 복권이나 사러 가자."

깜이랑 함께여서 개꿈일 수도 있지만 그래도 꿈이라 정말 다행이다. 두 번 다시 생각하고 싶지 않은 무서운 꿈이었다.

"참! 깜이야. 양치 더 깨끗하게 해야겠어. 너 꿈에서도 입 냄새 장난 아니더라."

정왕동 칸트

늦은 나이에 한 남자를 만났다.

그는 시와 에세이 소설을 쓰는 작가다.

그는 하나님을 섬긴다.

그는 글을 사랑한다.

그는 칸트를 좋아한다.

그는 스승을 섬기는 예의에 성심을 다한다.

그는 제자를 대함에 오만이 없다.

그는 약한 이들을 돌 볼 줄 안다.

그는 악한 이들을 외면하지 않는다.

그는 절망 끝에 선 한 생명을 구했다.

그는 자신을 칭찬할 줄 안다.

그는 속내를 감추기보단 솔직함을 좋아한다.

그는 고독과 낭만을 즐긴다.

그는 교학상장을 실천한다.

그는 좋은 사람 냄새가 난다.

늦은 나이에 스승을 만났다.

그를 만나 잊었던 글을 찾았다.

그의 가르침엔 하늘이 있고 물이 있고 나무가 있다.

그를 만나 날아오른다.

그를 존경한다.

내가 존경하는 스승은 정왕동 칸트라 불린다.

오래된 기억이 말을 걸었다

해인

엄마라는 한 사람

나는 '단 한 사람이라도 믿어주고 지지해 주면 그 사람은 엇나가지 않는다.'는 말을 믿는다. 나에게 그 '한 사람'은 엄마다.

나는 엄마의 사랑을 믿고 의지하며 자랐다. 엄마의 사랑은 내게 살아갈 힘을 주었다. 다섯 살 때 아버지를 여의고, 홀로 일하는 엄마만을 바라보며 어린 시절을 보냈다. 가난이 무엇인지 모르고, 모두의 삶이 다 그런 줄 알고 살았다.

엄마는 서른여섯 살에 남편을 잃었다. 슬픔을 느낄 겨를도 없이, 삐악거리는 네 남매를 키우기 위해 슬픔을 억누르고 열심히 일했다. 나는 엄마 나이가 되어서야 엄마의 고통을 가슴으로 이해할 수 있게 되었다. 그러나 어렸던 나는 엄마의 고통을 느낄 수 없었다. 엄마는 어려운 여건에서도 우리 네 남매를 부족함 없이 키우기 위해 노력했다. 자식을 사랑하는 엄마의 마음은 언제나 따뜻하고 강인했다.

엄마의 자식 사랑은 유독 컸다. 네 남매를 키우기 위해 하루도 쉬지 않고 일했다. 엄마의 고달픔과 외로움을 나는 어릴 적부터 느꼈다. 그래서일까, 일찍부터 엄마를 돕기 위해 노력했다. 엄마 곁을 떠나지 않고, 궂은일도 마다하지 않았다. 엄마는 그런 나를 의지했다. 나는 엄마가 웃을 수 있도록 힘이 되어주고 싶었다. 그래서 매사를 스스로 해결하는 아이로 자랐다.

네 남매를 키우기 위해 엄마는 서울의 모 학교 급식실에서 일하셨다. 그 학교에는 새벽에 운동하는 학생이 많았기 때문에, 엄마는 새벽 서너 시부터 아침밥을 준비하셨다. 집에서 학교까지 거리가 멀어서, 매일같이 출퇴근하는 것은 체력적으로 무리였지만, 엄마는 자식들을 위해 힘든 일을 마다하지 않으셨다. 학교는 일하는 분들을 배려해서 이삼일 간격으로 집에 다녀오게 하는 일정을 마련했지만, 엄마의 거의 매일 집에 오다시피 하셨다. 그만큼 자식들에 대한 걱정과 사랑이 남달랐던 것이다. 엄마는 저녁 늦게 일을 마치고 집에 돌아와서도 밀린 집안일을 하셨다. 그리고 잠깐 눈을 붙인 다음 새벽같이 일터로 향하는 생활을 18년 동안 이어 오셨다.

엄마는 한 인간으로서, 한 여자로서의 인생을 포기한 채 오직 자식을 키워야 한다는 일념으로 그 힘든 일을 오래 하셨다. 네 남매를 홀로 키워야 한다는 가장의 무게는 일을 쉽게 그만둘 수 없게 했을 것이다. 그래 설까? 나는 다른 아이들처럼 가족과 함께한 여행지에서의 추억도 초등학생 때 엄마와 함께한 학교 운동회나 소풍에 대한 기억도 거의 없다. 엄마는 엄마나 학부모로서의 역할보다는 가장으로서의 역할이 더 중요했기 때문에 학부모로서 누릴 수 있는 일상의 소소한 기쁨과 행복도 누리지 못했다. 나도 기대하지 않았고 당연한 일로 받아들였던 것 같다.

아직도 내 마음 깊은 곳에서 생생하게 떠오르는 기억이 있다. 초등학생 때 어느 날 엄마가 집에 오시는 날이었다. 집에 오신 엄마는 옷 갈아입는 시간도 아까워 옷도 갈아입지 않은 채 집안일을 하셨다. 밤늦은 시간이 되어서야 정리를 마친 엄마는 피곤한 몸을 이끌고 잠자리에 들었다. 옆에서 엄마가 일하는 동안 쳐다만 보다가 나도 모르게 잠이 들었다.

새벽녘, 잠귀가 밝은 나는 부스럭거리는 소리에 눈을 떴다. 엄마가 출근하기 위해 옷을 갈아입는 중이었다. 내가 깰까봐 조심스럽게 옷을 입은 엄마는 나가면서 소리가 나지 않게 문을 닫았다. 엄마를 잠깐이라도 보고 싶은 마음에 벌떡 일어나 엄마 뒤를 따라갔다. 어둠이 남아 있는 새벽이었지만 엄마의 뒷모습은 뚜렷하게 보였다. 골목을 종종 걸음으로 바쁘게 걸어가고 있었다.

뒤를 따라가면서 생각했다. '내가 따라 나온 걸 알고 있을까?' 엄마가 나를 봐주었으면 하는 기대를 한 것 같다. 역시 엄마는 내 마음을 아셨나 보다. 골목 중간쯤에 갔을 때, 엄마가 가던 길을 멈추고 돌아보았다. 나는 놀란 토끼처럼 재빨리 담벼락 뒤에 몸을 숨기고 엄마를 지켜봤다. 가슴이 콩닥거렸다. 살며시 고개를 내밀고 쳐다보는 나를 알아보시고 엄마는 들어가라는 손짓을 했다. 내가 머뭇거리자 두 발로 아스팔트 바닥을 쿵쿵댔다. 얼른 집으로 들어가라는 소리 없는 엄마의 목소리였다. 엄마는 그런 나를 두고 출근 시간에 쫓겨 가던 길을 가셨다. 나는 엄마의 뒷모습이 사라질 때까지 담벼락에 기댄 채 눈을 떼

오래된 기억이 말을 걸었다

지 않았다. 엄마의 모습이 보이지 않자 그제야 어둠이 무섭다는 걸 느끼며 집 안으로 뛰어 들어갔다. 이날의 기억은 엄마와 내가 함께 갖고 있다. 가끔씩 하시는 엄마의 넋두리 속의 한 대목이라 지금도 어제의 일처럼 생생하게 떠오른다.

엄마와 내가 공유하는 기억이 또 하나 있다.

나는 학창 시절 사춘기가 없었던 것 같다. 그 나이에 했을 법한 부모에 대한 반항이나 일탈이 없었고, 감사하게도 특별히 기억나는 일도 없다. 하지만 한 가지 부끄러운 일을 겪었고, 그 기억은 지금도 내 마음을 무겁게 하고 있다.

중학교 2학년 때, 토요일 학교 수업이 끝난 후 친구들과 떡볶이를 먹고 집으로 가던 길이었다. 길 건너편 마을버스 정류장에 짐 보따리를 들고 있는 엄마를 보았다. 뛰어가 안기고 싶은 마음과는 달리 엄마를 외면했다. 엄마와 눈이 마주쳤지만, 순간 어떻게 해야 할지 몰라 아무 말도 하지 못하고 지나쳐버렸다.

엄마는 토요일에는 오후에 퇴근을 하셨다. 초등학생 때는 엄마를 마중하러 버스 정류장까지 30분을 걸어가곤 했다. 엄마를 일찍 만나고 싶었고, 무거운 짐을 들어 드리고 싶었다. 바로 얼마 전까지만 하더라도 기쁘게 달려갔었는데, 오늘은 왜 그런 것일까. 초등학생이 중학생이 되었다고 보따리를 들고 있는 엄마가 부끄러웠던 것일까. 사춘기 때문이었다고 핑계를 대고 싶었다.

중학교 2학년 때의 일은 30여 년이 지나도록 엄마도 나도 입 밖으로 꺼낸 적이 없다. 나는 엄마를 외면했지만 엄마는 나를 못 본 척했다. 나만 숨기면 될 일이었다. 가끔씩 엄마는 다 알면서도 딸을 생각해 모른 척 말씀이 없는 게 아닌가 생각했다. 그러나 30여 년을 말씀하지 않은 것은 분명히 나를 못 본 것이라고 여겼다. 그렇게 믿고 싶었다. 그래야 내 마음이 편했으니까. 엄마는 딸이 먼저 이야기해 주길 바라는 것일까? 그렇다면 딸에게 외면 받은 엄마의 마음은 어땠을까? 아직도 그날을 생각하면 가슴이 저리고 눈물이 난다. 죄송하다고 말하고 싶은데 용기가 나지 않는다. 그저 기억에서 지우고 싶을 뿐이다.

엄마는 이제 팔십이 넘으셨다. 이젠 솔직히 말하고 마음 편해지고 싶다. 사실 부끄러운 행동이었지만 사춘기 소녀시기를 똑같이 겪은 내 엄마가 아닌가. 당연히 용서해 주실 거라 생각한다. 하지만 직접 말로 용서를 빌어야 하는 용기가 나지 않는다. 팔십이 넘

오래된 기억이 말을 걸었다

은 엄마를 생각하면 더 늦기 전에 용서를 빌어야 하
는데 왜 나는 그러지 못하는지 모르겠다.

나는 이런 내가 바보 같고 한심하다. 왜 내겐 이런
성격과 성향이 있어서 나를 낳아준 엄마에게조차 솔
직하지 못할까. 그래, 핑계 같지만 나의 인생은 그럴
수밖에 없었던 거야. 나의 어린 시절은 누구에게도
내 마음을 제대로 전할 수 없었던 외롭게 보낸 시간
때문인 거야. 이제야 그걸 깨달았다. 주어진 상황을
있는 그대로 받아들이고 최선을 다하는 삶을 살아왔
기에, 사는 게 다 그런 거지 하면서 살아온 지난 시간
이 내겐 외롭고 힘들었던 거야. 비록 엄마와 나는 이
이야기를 시원스럽게 꺼내지 않았지만, 엄마와 딸로
서 마음으로 공유하고 있다고 생각하고 있다.

나는 3남 1녀 중 막내다. 나이 차이가 많이 나는
오빠만 셋이다. 오빠가 셋인데도 학교에서 집에 오
면 언제나 빈 집에 혼자였다. 그래서 학교 안에서 노
는 것이 제일 즐거웠고, 인정받을 수 있는 곳이 학교
여서 학교생활에 최선을 다했다. 남 앞에 나서는 성
격이 아님에도 학급임원을 할 수 있었던 것은 담임선
생님의 인정과 믿음 덕분이었다. 타고난 재능이 없었
기에 내가 할 수 있는 것은 공부뿐이었다. 모든 일에

최선을 다했다. 운동도 좋아하고 잘해서 체육시간을 제일 좋아했다. 집보다는 학교에 있는 시간이 많았고 학교가 좋았다. 중간 중간 고민도 있고 갈등도 있었지만, 좋은 쪽으로 해석하려고 하는 마음 때문인지 학창시절의 나를 떠올리면 나쁜 기억은 많지 않다. 무던한 성격과 시대를 잘 타고 태어난(주변이 다 고만고만한 삶) 덕분에 외로운 환경이었는데도 그것이 외로움인지 몰랐고, 주변에서 도움을 주려고 하는 어른들이 있어 안전하게 잘 성장할 수 있었다.

돌이켜 보면, 지금도 궁금한 게 있다. 오빠들이 왜 나를 챙기지 않았을까. 왜 집에 오면 오빠들이 없었을까. 그랬을 것이다. 오빠들도 아버지 없이, 일하시는 엄마와 함께할 수 있는 시간이 없었기 때문에 내가 학교생활에 몰입한 것처럼 각자 나름대로의 삶을 이을 수 있는 뭔가를 했을 것이다. 자신들의 삶을 책임지기에도 벅찼을 나이에 동생을 돌아볼 여유가 없는 것은 당연한 일이었다. 어린 여동생이지만 함께 놀아줄 시간도 마음의 여유도 없었을 것이라고 생각한다. 그래도 오빠들이 있었기 때문에 심적으로 외롭지 않았다. 보이지 않는 끈으로 연결된 느낌만으로도 든든했다. 오빠가 세 명이나 있으니까 말이다. 엄마

가 지금의 나를 만들어 준 것처럼 오빠들도 내겐 그
런 존재들이다. 오빠들이 있었기에 지금의 내가 있다
고 확신한다. 가족이라는 울타리로!

80살의 내가 2023년의 나에게 쓰는 편지

"잘 지내고 있지?"

'대견하고 기특하구나. 지금까지 잘 살아왔고 앞으로도 잘할 수 있어!'

너에게 한 마디를 건넬 수 있다면 이 말을 꼭 해주고 싶었단다. 이곳에서 쭉 너를 지켜보고 있었어. 젊은 네가 팔십 살인 내가 있는 이곳까지 오려면 아직 30년 정도가 남았지만, 미리 편지로 너를 만나고 싶었어. 꼭 해주고 싶은 말이 있거든. 오늘은 위로의 말보다는 응원의 말을 더 많이 해주고 싶구나. 사람이 살아간다는 것 자체가 고통의 연속이니까. 그리고 과거의 모든 어려움과 도전에 대처하며 현재까지 잘 살아온 너니까.

경제적으로 풍요롭지 못한 어린 시절을 지나 여기까지 오는 동안 많이 힘들었지만 건강하게 살아남은 걸 칭찬해 주고 싶어. 힘들다는 말을 입 밖으로 꺼내 본 적도 없고, 힘든 티를 내며 막내의 특권을 누려 본 적도 없었지, 아마. 오래 전 둘째 오빠가 이런 말을 했는데 기억하니? '오빠한테 용돈 한 번 달라고 하지도 않고….' 그 말속에는 막내답게 응석도 부리고 철없는 행동도 좀 하지라는 약간의 섭섭함이 묻어 있는 의미로 들렸을 거야.

'너 스스로도 그런 생각을 한 적이 있지?'

'나는 지금까지 오빠들한테 막내 여동생 같지 않은 동생으로 지내왔어. 철없을 때 용돈도 좀 달라 하고, 올케언니들한테 시누이 노릇도 좀 할 걸.' 하고 말이야. 올케 언니들도 농담으로 그런 말을 했는데, 네 마음을 눈치 챈 걸까? 오빠도 비슷한 마음이 들었던 모양이야. 너는 농담으로 얼렁뚱땅 넘기며 오빠한테 이렇게 말했지. "알아서 용돈 좀 챙겨주지! 언젠가는 오빠한테 응석도 부리고 철없는 행동도 좀 해줄게ㅎㅎ" 하고 말이야. 경상도 출신답게 무뚝뚝함이 묻어나는 대화였지만, 그 일로 인해 오빠의 마음을 엿볼 수 있었을 것 같구나.

'지금은 오빠들의 마음이 보이지?'

오죽하면 조카가 이런 말을 했을까. "아빠는 고모가 제일 좋지?"라고 말이야. 지금은 성인이 된 조카도 이런 농담을 할 정도가 되었으니, 나이를 먹긴 먹었나 보구나. 마음은 언제나 초등학생 그 시절에 머물러 있는 거 같은데…. 그동안 챙겨주지 못한 것을 조금씩 표현하는 오빠들을 보면서 감사해하고, 그것을 당연한 것으로 여기지 않는 네 마음도 보기 좋아. 지금처럼 그렇게 서로를 존중하고 있는 그대로 인정하면서 잘 지내길 바라.

'너는 모든 것을 스스로 해결하려고 했지?'

필요한 게 있거나 어떤 문제 상황에 놓이면 혼자서 모든 것을 해결하는 것이 익숙해져 있었지. 누군가에게 도움을 요청하는 것이 더 어려운 숙제 같았을 거야. 그럴 수 있어. 충분히 이해한단다. 어린 시절부터 스스로 계획하고 결정해서 행동하다 보니, 다른 사람에게 도움을 바라는 것이 편하지 않았을 거야. 그런 모습 때문인지 먼저 말을 하지 않으면 장녀로 오해하는 사람들도 많았지. 지금도 그 이미지는 여전히 남아 있는 것 같구나.

'이제부터는 마음과 몸에 힘을 빼고 지내보는 건 어때?'

너무 잘하려고 애쓰다 보면 힘이 들어가는 건 당연하잖아. 잘하지 않아도 되니까 힘을 빼고 그냥 사는 거야. 팔십 살이 돼서 보니 그렇게 사는 게 인생이라는 생각이 드는구나. 힘을 빼고 순리대로 그냥 사는 것이라는 생각. 그리고 남에게는 관대하고 스스로에게는 엄격한 잣대를 들이대지 않기를 바라. 자신에게 관대해야 융통성을 발휘할 여유가 생기는 법이거든. 그래야 주변 사람들과도 편하게 지낼 수 있단다. 요즘 힘주지 않고 살기 위해 마음공부 하는 너를 보면 좋아 보여. 마음이 평온해야 하는 일도 잘 되는 이치를 깨우친 것 같기도 하고. 삶의 어려움과 도전에 직면할 때에도 감사와 긍정에 집중하려고 하는 모습에서 성공의 가능성도 보여 좋구나. 어려움을 극복하며 거기에서 배운 것에 감사하는 마음을 높이 사주고 싶어. 지금처럼 긍정적인 마음으로 세상을 바라보면 좋을 거 같구나.

'이 말은 잊지 말고 꼭 기억했으면 좋겠어.'

너는 존재 자체로 가치 있고 소중한 사람이라는 거. 어느 누구에게서도 비난받고 상처받을 이유가 없다는 거. 왜냐하면 너 자체로 빛나는 사람이기 때문이지.

네가 다른 사람을 존중하고 인정해 주는 만큼 너 자신도 그런 대우를 받을 권리가 있는 거야. 그러니 너에게 예의를 갖추지 않는 사람이 나타나거든 합당한 요구를 하길 바라. 그러면서도 상대방이 예의 없는 행동을 한 이유가 있을 거라는 마음으로 행동 이면의 것을 보려는 마음을 가지면 섭섭함도, 이해 못 할 일도 없다는 걸 기억하길 바란다.

'인생은 순리대로 살아가는 거란다.'

세상을 살다 보면 너를 잘 모르는 사람들이 한 부분만 보고 평가를 할 때가 있을 거야. 좋은 쪽이든 나쁜 쪽이든 말이야. 그때마다 일희일비할 필요 없어. 길게 보면 모든 것은 찰나의 순간으로 지나가 버리는 일이거든. 당장 눈앞에 있는 일에 마음 두느라 그 너머에 있는 더 가치 있는 것을 놓치지 않았으면 좋겠구나. 인생의 가치를 어디에 둘 것인지 마음속에 담고, 삶을 구름 흘러가듯 살아가렴. 그것이 순리야. 인생은 그냥 살아가는 것이란다.

해인아, 지금 너의 모습이 자랑스럽구나. 나를 만나러 오는 날까지 지금처럼 남은 시간도 멋지게 살아가렴. 지금 너의 자식들이 좋은 엄마로 기억할 수 있게 말이야. 이만 펜을 놓아야겠다. 건강하게 다시 만나는 날까지 안녕~

깨달음을 준 모두가 인생 멘토*mentor*

내가 영향을 받고 지도를 받고 싶은 사람은 상황에 따라 변해왔다. 본받을 사람이 있으면 본받고 배울 사람이 있으면 배웠다. 지금까지 살아오면서 나에게 깨달음을 주고 행동하게끔 한 모든 사람이 나의 멘토였다. 나의 인생 최고의 멘토는 엄마다. 나의 내적 강인함의 뿌리가 엄마에게서 왔기 때문에 나는 엄마를 최고로 뽑는다. 이 외에도 때마다 변해왔다. 그 과정에서 헬렌 켈러와 김미경 강사님이 떠오른다.

미국의 작가이자 사회사업가인 헬렌 켈러(Helen Adams Keller)는 책을 통해 알게 되었다. 아주 어릴 적에 읽었던 책 한 권이 지금까지도 떠오르는 것을 보면 내면 깊숙이 각인되어 있는 것 같다. 글 한 줄이 생명을 살리기도 하고, 책 한 권이 인생을 어떻게 바라보며 살아야 하는지 나침반이 되어 주기도 한다. 내 삶이 흔들릴 때마다 나침반이 되어 준 인물이 헬렌 켈러다.

나는 삶에 지치고 포기하고 싶을 때, 방향을 못 잡아 이리저리 흔들릴 때마다 그녀를 떠올린다. 그녀는 큰 장애를 갖고도 극복해 내서 많은 사람들에게 용기와 희망을 주는 분이다. 그녀의 책을 통해 그녀가 이겨낸 과정을 떠올리면 새로운 용기가 생기고 다시 움직일 수 있는 힘을 얻는다.

얼마 전, 나는 마음과 몸이 나락으로 떨어진 적이 있었다. 모든 일을 손에서 놓고 싶을 정도로 힘든 시절이었다. 그때 그녀가 생각났다. 그녀가 나 같은 사람을 위해 남겨 놓은 책 내용이 기억나서 나는 벌떡 일어날 수 있었다. 그녀의 말이 나에게 따뜻한 손이 되어 다가와서 내 손을 잡아 준 것이다.

물론 지금까지 죽을 만큼 힘든 삶을 살아오진 않았다. 웬만한 문제나 상황이 일어나도 잘 해결하며 살아왔다. 아마도 모든 상황을 긍정적으로 보고 문제를 해결하는 방향으로 바라봤기 때문일 것이다. 이런 마음의 근원은 바로 긍정적인 마음을 갖게 해 준 '헬렌 켈러'덕분이라고 생각한다.

그녀는 시각과 청각을 잃고도 많은 사람들에게 희망을 준 분이다. 그녀의 이야기는 나에게 큰 감동을 주었고, 그녀의 삶을 통해 나는 긍정적인 마음을 갖게 되었다. 사실 시각과 청각을 잃은 그녀에 비하면 나는 시각과 청각을 잃지도 않았다. 그녀가 겪은 어려움에 비하면 내 삶은 아무것도 아니었다. 나는 그런 그녀의 가르침을 잊지 않고 나도 나의 역할과 소명을 정확히 찾기 위해 노력할 것이다.

김미경 강사님은 현재 나의 생활에 직접적인 영향을 주었다. 그녀는 아날로그적 감성을 가진 나를 디지털 세계로 안내하고, 〈미라클 모닝〉을 1년간 유지할 수 있게 이끌어 주었다. 심사숙고하느라 생각에만 머물렀던 나를 행동으로 옮기게 해준 멘토이다.

그녀는 나이가 많아도 공부를 통해 급변하는 세상에서 멋지게 살 수 있다는 희망을 확실히 전해주었다. 또한 나의 잠재력을 끄집어내고 행동할 수 있는 용기를 주었다. 그녀는 생각한 것을 바로 실행에 옮겼다. 나는 준비가 되어야 일을 시작하는 성향을 가진 사람으로 그녀는 나와는 완전히 다른 성향을 갖고 있다. 그래서 그녀의 실행력을 배우고 싶었다.

그녀는 '20%만 준비되어도 시작하자! 일단 시작하고 진행하면서 수정하고 발전시켜 나가면 된다!'라는 마음을 갖고 움직였다. 완벽하지 않아도 꾸준히 하면 된다는 것을 자신의 경험을 통해 타인의 의식을 깨우치게 했다. 현재의 삶에도 그녀의 가르침은 절대적으로 작용하고 있다.

나는 멘토님들을 통해 세상일은 내 마음먹은 대로, 뜻한 바대로 되지 않는다는 것을 배웠다. 그리고 새로운 것을 배우고 도전하는 것은 사람이기 때문에 가능하고 필요하다는 것도 함께 배웠다. 또한 '된다!'라는 희망을 갖고 살면 언젠가 이루게 되고, 누구나 가능하다는 것도 알게 되었다. 포기하지 않고 도전하고 행동하면 내 목표가 꼭 이루어진다는 것도 배웠다.

'나의 엄마', '헬렌 켈러', '김미경 강사님' 등 나보다 앞서 살거나 살고 있는 분들의 가르침에서 많은 것을 보고 느낀다. 나는 이분들과 똑같은 삶을 살 수 없을 것이다. 하지만 이분들에게 배운 것을 내 삶에 잘 적용하여 나만의 삶을 잘 살아 갈 것이다.

책, 나의 삶의 일부

문화생활은 즐거움과 감동을 주는 것뿐만 아니라 창의성과 사고력을 향상시키며 영감을 주는 중요한 역할을 한다. 예술과 문화는 인간의 정서와 아름다움을 표현하는 수단이다. 책, 영화, 연극, 음악, 미술, 뮤지컬 등 예술을 대하는 나의 생각이다.

중학교 입학 전까지는 문화생활이 사치였다. 초등학생 때는 연극, 영화, 미술, 뮤지컬 등을 접한 기억이 없다. 중학교에서 '지저스 크라이스트 슈퍼스타'를 단체 관람한 것이 첫 문화생활이었다. 대학생 때 연극 '지하철 1호선'을 보았고, 직장인이 된 이후 미술관과 클래식 연주회에 자주 가기 시작했다. 경제활동을 하면서 다양한 문화생활을 경험 할 기회가 주어졌기 때문이다.

쉽게 접할 수 있는 것이 음악과 책이었다. 어린 시절에는 도서관이 흔하지 않아 책을 많이 읽지 못했다. 학교에서 읽은 필독서가 전부였고, 외삼촌 집에 있던 셜록 홈스 전집을 다 읽은 기억이 인상적으로 남아 있다.

반면에 음악은 라디오를 통해 쉽게 접할 수 있었다. 노래가 좋으니 좋아하는 가수도 생겼고, 라디오 공개방송도 찾아 갔다. 정말 좋아하는 가수의 음악은 매일 듣고 싶어 카세트테이프를 구입했다. 밤에는 라디오 방송에서 흘러나오는 음악에 귀를 기울이고, 학교를 오가는 길에서는 녹음한 카세트테이프 속의 노래를 들었다. 어린 시절부터 지금까지 나에게 가장 많은 영향을 준 것은 노래(음악)라고 생각했다. 감정적으로 위로받고 싶을 때 음악을 들었기 때문 일 것이다. 그러나 글을 쓰면서 그 생각이 한때(중, 고등학생 시절)에 국한된 것임을 깨달았다.

어린 시절부터 지금까지 삶에 가장 크게 영향을 준 한 가지는 '책'이었다는 것을 최근에서야 명확하게 깨달았다. 이력서에 형식적으로 적었던 취미가 '독서'였다. 그때는 내세울 만한 취미가 없어서 적었던

오래된 기억이 말을 걸었다

것 같지만, 지금 생각해 보면 진짜 취미였을지도 모르겠다. 지금도 틈만 나면 글을 읽는 습관이 있는 것을 보면.

성인이 되기 전까지 음악과 책이 유일한 문화생활이었다. 마음먹고 움직여야 하는 활동이 아니었고, 돈도 많이 들지 않았기 때문이었을 것이다. 성인이 된 이후에는 영화, 연극, 미술, 클래식 공연, 뮤지컬 등을 찾아다니며 다양한 문화생활을 경험했다. 하지만 여전히 라디오로 음악을 듣고, 책은 손에서 놓지 않았다.

약속 시간보다 일찍 나가는 습관이 있다. 친구와 만나기로 약속한 시간보다 일찍 약속 장소에 도착하게 되면, 이어폰을 귀에 꼽고 음악을 들으며 근처 서점에서 시간을 보냈다. 가방 안에는 항상 읽을거리를 넣고 다녔다. 책이 없으면 신문이라도 사서 읽었다. 이 습관은 어려서부터 생긴 것이다. 멍하니 있는 시간에는 뭐라도 읽어야 했다. 과자를 먹고 있다면 과자 봉지 뒷면의 성분표시라도 읽었다. 성인이 되어 만난 어린 시절 친구들의 기억에 그런 내가 있었던 것이다.

책 사는 데 드는 돈은 지금도 아까워하지 않는다.

아이들이 장난감을 사달라고 하면 바로 사주지 않지만, 보고 싶다고 하는 책이 있으면 곧바로 사주는 편이다. 거실도 한 면을 책장으로 꾸몄고, 집 안 구석구석에 책이 있다.

아이들에게도 가끔 말하는 것이 있다. '너희에게 물려줄 재산은 없어. 하지만 책을 사랑하는 마음은 물려주고 싶어. 너희에게 책이 가장 친한 친구였으면 좋겠어. 이성 친구나 애인을 만날 때 책을 좋아하는 사람을 만나면 좋겠어.' 물론 아이들이 이런 말들의 의미를 지금은 이해하지 못할 수도 있다. 그래도 괜찮다. 자주 듣는 말은 마음속에 담기는 법이다. 나는 그렇게 믿는다.

특별한 일이 없는 주말에는 네 식구가 도서관으로 간다. "애들아, 오늘은 도서관에 가서 놀까?"라고 말하면, 아이들도 따라나선다. 물론 집에서 놀고 싶은 날에는 거부할 때도 있지만, 설득하면 따라나선다. 도서관에 도착해서 신나게 책을 읽는 모습을 보면 주말 도서관 나들이는 계속 될 거 같다. 남편은 처음에는 도서관에 가는 것을 달가워하지 않았다. 주말에는 집에서 쉬고 싶지, 도서관에 앉아서 책을 읽고 싶겠는가 싶어 강요는 하지 않았다. 그러나 주말 도서관

오래된 기억이 말을 걸었다

나들이를 힘겨워하던 남편도 시간이 지나면서 조금씩 변하기 시작했다. 퇴근해서도 텔레비전을 보는 대신 책 읽는 모습을 보였다. 아이들이 학교에서 활동지로 써낸 종이에 '우리 아빠가 좋아하는 것은, 책 읽기'라고 쓰는 일까지 생겼다. 남편도 책 읽는 즐거움을 알게 된 것 같다.

'가족 책 읽기 문화'가 만들어지고 있는 것 같다. 바라던 모습이다. 더 발전된 가족 문화를 만들고 싶은 욕심이 있는데 그것은 '가족 독서 토론과 글쓰기'이다. 남편은 정색을 하며 반대한다. 나조차도 아직은 자신감이 부족하지만 아이들이 조금 더 크고 준비가 되면 꼭 만들고 싶은 가족 문화다.

식탁 앞에 앉으면 아이들은 숟가락 대신 책을 먼저 집어 든다. 유아기 때는 귀여운 모습이었는데, 초등학생이 된 이후에는 가족과 함께하는 식사 자리에서 책을 보는 모습이 좋아 보이지 않았다. 가족과의 대화도 중요한 부분이라서 책을 덮어 달라고 부탁을 해야만 했다. 한동안은 큰아이와 식사 자리에서 책을 보려고 하는 문제로 감정싸움을 하기도 했다. 아이는 책을 보고 싶은데 못 보게 하는 엄마의 말에 싫은 내색을 했지만, 엄마의 부탁에 결국 책을 덮었다.

나는 불과 몇 년 전까지만 해도 SNS와는 친하지 않은 아날로그가 편한 사람이었다. 모르는 사람들에게 나를 보여 줄 필요가 없다는 생각과 디지털 세계에 대한 막연한 두려움으로 관심을 두지 않았다. 하지만 지금은 SNS를 통해 책에 관한 이야기를 하고, 일상을 공유하며 활동 중이다. 처음에는 환경지킴이로서의 정체성을 가지고 활동을 시작했지만, 나에게 맞는 옷이 아니라는 것을 깨달았다. 그리고 결국은 '책'으로 정착했다. 책 속에 있는 의미 있는 글을 소개하는 것도 좋고, 짧지만 글을 쓰는 것도 좋다.

　책을 쓰신 작가님들의 생각과 지식을 나의 것으로 받아들이는 과정을 즐기며 살아왔다. 책을 통해 세상 보는 법을 배웠고, 인간의 마음을 읽었다. 사랑, 슬픔, 고통, 좌절, 희망, 분노 등 인간을 관통하는 모든 감정을 간접 경험했다. 어린 시절부터 책에서 희망을 찾고, 마음 안의 갈증을 해결해 왔다. 책이 항상 옆에 있었음에도 그 존재의 영향을 크게 생각하지 않았음을 고백한다.

　나에게 책은 공기 같은 존재다. 일상이고, 삶의 가치를 일깨우는 존재이다. 나는 책을 통해 세상을 이해하고, 새로운 경험을 쌓을 수 있다고 믿는다. 또한,

책을 통해 위로와 감동을 받았다고 말한다. 앞으로도
책을 통해 삶을 풍요롭게 만들어 나가고 싶다.

빛을 향해

나는 작가를 꿈꾸는 사람이다. 오십을 바라보는 나이에 글쓰기 공부를 시작한 늦깎이 학생이기도 하다. 그리고 어린 자녀가 있는 워킹 맘이다. 이것이 나의 시간과 몸을 묶어 두는 현실이다. 현실의 벽을 넘어 마음대로 살 수 있다면, 창공의 빛을 향해 날개를 단 것처럼 훨훨 날 수 있을까?

가족은 나에게 있어 가장 중요한 존재이다. 가족은 독립된 존재이면서 나를 존재하게 하는 사람들이다. 나의 삶에 활력을 불어넣고, 지치고 힘들 때면 미소로 힘을 준다. 가족은 나의 삶을 풍요롭게 만든다. 나는 작가로서의 꿈을 좇으며, 마음대로 살고 싶다. 이는 동시에 행복한 가정을 유지하면서 작가로서의 열정을 펼칠 수 있는 삶을 의미한다. 사랑하는 남편 아들딸과 함께 시간을 보내고, 가족의 성장과 행복에 기여하고 싶다. 그리고 작가로서의 소망도 함께 가져가고 싶다. 그래서 가족과 작가의 역할을 조화롭게 이어나갈 방법을 찾아야 한다. 그 방법은 다음과 같다.

첫 번째, 나는 가족과 함께하는 삶에 시간과 균형을 맞출 것이다.

워킹 맘이지만 가정과 일의 조화를 이루는 것이 필요하다. 자녀들과의 소중한 순간을 놓치지 않으면서도 작가로서의 꿈을 키울 수 있는 시간을 만들어야 한다. 아침에 가족과 함께하는 식사, 저녁마다 책을 읽고 이야기를 나누며 보내는 소중한 시간들은 나에게 큰 힘이 될 것이다.

두 번째, 나는 글을 쓰는 것에 더욱 집중할 것이다.

작가로서 성장하기 위해 꾸준한 노력이 필수적이다. 주말과 새벽 시간에 글쓰기에 집중할 수 있는 공간에서 글을 쓰며 글쓰기 연습을 통해 나만의 독창적인 스타일을 발전 시켜야 한다. 또한 주제에 대한 깊은 이해를 바탕으로 독자들에게 감동을 줄 수 있는 작품을 선보여야 한다. '그리고 나는 작가가 되었다.'

마음속으로 이렇게 말하며, 다음 작품을 쓰기 위해 매진할 것이다. 이제 새로운 이야기가 시작된다. 나는 작가로서의 꿈을 향해 걸어가며, 작품을 통해 세상에 나만의 흔적을 남길 것이다. 나의 작업실은 밝고 평온한 공간이다. 큰 창문 밖으로는 푸른 나무들이 자유롭게 춤을 추고 있다. 나는 이 작은방에서 단순히 글을 쓰는 것이 아니다. 우리 모두의 이야기로 그림을 그리듯 새로운 세계를 창조할 것이다. 나는 작가로서의 꿈을 향해 나아가며, 작품을 통해 세상에 나만의 가치를 전달할 것이다.

세 번째, 도서관을 짓기 위한 목표를 향해 나아갈 것이다.

베스트셀러 작가로서의 명성을 얻기 위해 작품을 널리 알리고, 독자들과 소통하며 소중한 만남의 자리도 만들 것이다. 또한 도서관 건립을 위해 기부 활동이나 문화 이벤트에 적극적으로 참여하여 도서관의 필요성을 알리고 지역 사회에 기여할 것이다.

마음대로 살 수 있는 상상 속 나의 인생은, 가족의 한 사람으로서 작가로서의 역할을 균형 있게 이뤄가는 모습으로 가득할 것이다. 나의 작품이 독자들에게 감동과 영감을 전하고, 그들의 삶에 긍정적인 변화를

오래된 기억이 말을 걸었다

선사할 수 있다면 나의 꿈은 이루어진 것이다. 마침내 도서관을 짓는 순간, 내가 남긴 흔적들은 영원히 남을 것이다. 이것이 내 삶의 궁극적인 목표이며, 세상에 희망과 지식을 퍼뜨리는 작가로서의 사명이다.

꿈이 현실로 피어나기를

2033년 6월 3일, 잡지사 인터뷰를 했다. 오랜만에 옷을 갖춰 입고 사진도 찍었다. 흰 머리카락 사이로 검은색 머리카락이 드문드문 눈에 띄었다. 은빛으로 반짝반짝 빛이 났다. 어머니를 닮아 흰머리가 늦게 난 편이다. 염색을 하지 않아도 되고, 젊어 보여서 좋아했다. 어쩌다 50대쯤 되는 젊은 분의 머리카락이 백발인 모습을 볼 때가 있다. '멋있다. 나도 60대쯤 돼서 저렇게 깨끗한 백발이면 좋겠다'라는 상상도 하곤 했다. 소원하던 대로 꾸미지 않은 백발에 몸을 쪼이지 않는 활동하기 편한 생활 한복을 입고 사진을 찍으니 그 모습이 단아해 보였다. 고상하고 우아한 세련된 젊은 할머니 모습이라 마음에도 들었다.

인터뷰를 진행하는 잡지사는 '창작과 비평'이다. 이 잡지사는 내가 처음으로 투고했던 곳이다. 담당자의 '탈락입니다'라는 감정 없는 안내를 들었던 곳과의 인터뷰라 더 의미 있는 시간이 될 것 같다. 인터뷰를 하게 된 이유는 젊지 않은 나이에 신인 작가상을 수상했기 때문이다. 얼굴 없는 작가로 활동하던 사람이 처음으로 대중 앞에 나서는 날이기 때문에 더 많은 관심을 받는 것 같다. 나는 50세를 바라보는 나이에 '나를 도와 남을 돕는다.'라는 마음으로 글쓰기를 시작했다. 천직이 글을 쓰는 사람이라고 생각하고 있어서 이런 순간이 올 것이라는 확신과 믿음이 있었기 때문에 조급함과 불안함은 없었다. 다만 쉽지 않은 과정 속에서 주변의 우려를 잠재우는 것이 더 힘들었던 기억이 있다.

아래 내용은 인터뷰의 내용이다.

"40대 후반의 초등학생 엄마, 글쓰기 경력이 없는 여성으로서 글쓰기에 대한 열정을 추구하기로 결심했습니다. 오랜 시간 동안 글쓰기 기술을 배우고, 경험 많은 멘토에게서 영감을 얻으며, 문학의 세계에 몰입했습니다.

초기에는 결심을 시험하는 도전에 직면하기도 했

습니다. 모니터 화면의 빈 페이지가 종종 겁을 주었습니다. 그러나 자기 의심이 발전을 방해하도록 내버려두지 않았습니다. 대신 빈 페이지를 창의력을 발휘하고 나만의 목소리를 세상과 공유할 수 있는 기회로 받아들였습니다. 인내심과 여유 있는 마음을 유지하는 과정은 힘든 시간이었습니다. 나와의 싸움의 시간이었습니다. 하지만 끝내 목표를 이루었습니다.

스토리텔링에 대한 열정을 바탕으로, 다양한 장르와 글쓰기 스타일을 실험하며 자신만의 독특한 접근 방식을 개발했습니다. 또한, 동료 작가들의 피드백과 글쓰기 모임, 워크숍을 통해 글쓰기 기술을 다듬고 성장했습니다. 초기에는 자기 의심과 거부의 순간을 맞기도 했지만, 좌절하지 않고 꾸준히 노력하며 꿈을 이루었습니다.

시간이 지나면서 드디어 기회가 찾아왔습니다. 2028년 5월에 제 원고가 저의 재능을 믿어준 출판사의 손에 들어가게 되었습니다. 열정적인 출판팀의 지원과 독자들의 관심 덕분에 제 데뷔 작품은 많은 관심을 얻게 되었습니다. 입소문이 삽시간에 퍼져 나갔고 곧 베스트셀러 목록에 이름을 올렸습니다. 독자들의 관심과 상업적 성공은 꾸준한 노력이 결실을 맺은 순간이었습니다.

그 후에도 저는 계속해서 글을 썼고, 저만의 독특한 스토리텔링과 생각을 자극하는 이야기로 독자들을 사로잡았다고 자신합니다. 저는 북 투어를 시작했고, 제 이야기를 통해 전달한 메시지에 공감하는 독자들과 소통했습니다. 제가 쓴 이야기는 세상에 대한 공감과 이해를 촉진하는 데 기여했습니다.

작가 지망생에서 작가의 꿈을 이루기까지의 여정을 돌아보며, 열정과 인내, 비전의 중요성을 깨달았습니다. 모든 시간이 헌신과 성장의 과정이었습니다. 베스트셀러 작가가 되어서도 제 글을 통해 독자들에게 감동을 줄 수 있다는 사실에 감사합니다.

마지막 질문이 이어졌다. 오랜 시간이 흘렀지만 피곤함은 없었다.

"앞으로 다른 계획이 있다면 말씀 부탁드립니다."

"이 이후에 생기는 부와 명예는 저만의 것이 아니라는 것을 알고 있습니다. 이것으로 오래전부터 꿈꾸어왔던 일을 실행할 수 있게 되어서 요즘 너무나 행복합니다. 저의 오랜 꿈은 자연과 가까운 곳에 도서관을 세우는 것입니다. 작가가 되어야겠다는 생각을 하면서 시작된 꿈입니다. '나를 도와 남을 돕는다'는 마음이 중심에 자리 잡으니 자연스럽게 계획이 세워졌습니다. 이 도서관은 세대를 아우르는 소통의 장이 될 것입니다. 인문학을 통해 자녀를 키우고 싶은 부모, 인생의 소중한 가치가 무엇인지를 가르쳐 주는 어르신들, 그냥 책 읽는 것이 좋은 아이들이 편하게 이용할 수 있는 공간이 될 것입니다. 간절한 생각을 현실로 만들어 낼 수 있다는 것을 증명할 수 있어서 매우 기쁘게 생각합니다."

인터뷰를 마치고 돌아오는 길에 산 너머로 모습을 감추는 태양이 눈이 부시게 아름다웠다. 태양은 자취를 감추지만 그 빛은 주변을 하늘을 아름답게 물들인다. 나의 모습도 태양과 같기를 소망해 본다. 긍정적인 에너지로 가득 찬 글이 세상 사람들에게 닿아 희망과 용기로 물들기를 간절하게 소망한다.

시간 흐름 속 잿빛 기억들

내가 초등학교 5학년쯤, 엄마는 집을 나갔다. 이 일은 예견된 것이었다. 아빠는 술만 마시면 엄마를 때렸다. 평소에는 아주 매너 있는 사람이었다. 사람들에게 친절한 젠틀맨이었다. 그러나 술이 들어가면 무엇이 그리 억울한지, 무엇이 그리 못마땅한지, 속에 억눌렸던 분노를 엄마를 때리는 것으로 풀었던 것 같다. 그것이 엄마를 진저리치게 했다. 그 결과는 고스란히 드러난다. 나와 오빠는 하루아침에 엄마 없는 아이가 되어 유년시절을 보내야만 했으니까.

한두 번 있었던 일은 아니었다. 나와 오빠가 더 어렸을 때는 술 냄새가 진동하는 주변과 고함이 울릴 때면 셋이 같이 기계처럼 짐을 챙겼다. 그러고는 나갔다가 다시 돌아오길 반복했다. 아이들을 데리고 집을 나가는 것이 힘들었던 엄마는 우리가 어느 정도 성장하자, 연기처럼 사라져 버렸다. 그도 그럴 것이 학교문제 때문에 멀리 떠나지도 못하는 상황이라 엄마가 많이 힘들었을 것이라 생각이 든다.

지금 생각해 보니, 엄마가 나와 오빠를 데리고 집을 나갔다 돌아왔다 반복한 것은 우리들이 어려서 그랬던 것 같다. 차마 아이들을 두고 나갈 수 없으니 그렇게 했던 것 같고 그날 혼자 집을 나간 것은 우리가 어느 정도 컸으니 우리 스스로 밥이라도 해 먹고 굶지 않을 거 같으니까 과감히 연기처럼 사라져 버렸던 것 같다.

어느 날, 아빠의 일그러진 얼굴은 무서웠다. 우리는 술을 드신 아빠의 표정만 봐도 온몸이 굳어진다. 이미 엄마에게 했던 폭행을 하루 건너 본지라 긴장했지만, 그땐 분위기가 다른 날과 사뭇 달랐다. 뭔가 의미심장한 말을 할 것 같았다. 입을 꾹 다문 채 침묵이 흐르는 시간 동안은 나와 오빠는 순간 시간이 멈춘 듯 고요한 기분이 들었다.

입을 떼지 못하던 아빠가 "너희들…. 아빠랑 같이…. 죽을래?"라고 낮고 묵직한 음성으로 말했다.

이어서 "너희들 청춘이 아깝다"라며 울먹거렸다.

　이 상황을 만든 건 아빠라는 생각에 사로잡혀 있던 나는 이해할 수 없었다. 다행히 그날은 그 정도에서 아빠가 마음을 바꿨다. 그러나 그날 이후 나와 오빠는 엄마의 가출에, 아빠의 충격적인 행동에 연거푸 마음 판에 못이 박혔다. 그렇게 미운 마음만이 내 마음 깊숙이 자리잡을 뿐이었다. 그렇게 우린 결손가정이 되어버렸다. 겉으로는 가족이면서 개개인의 상처를 들키지 않으려는 시간을 채워나가며 살았다.

　아빠는 본인 자식들에게는 손찌검을 하진 않았다. 다행이었다. 엄마가 안 계신 것은 같은 아픔을 가진 친한 친구 이외에는 비밀이었다. 나는 '엄마 없는 애가 그렇지'라는 말을 듣고 싶진 않았다. 그래서 바르게 생활하려 노력하고 행동했다. 그리고 힘들었던 일들이나 어려웠던 일들을 혼자 겪어내고는 아무렇지 않게 이야기하는 버릇이 생겼다. 나는 아무렇지 않고 괜찮아 보이게 말이다.

　엄마가 연기처럼 사라진 이후에도 의외로 우리의 삶은 평범하게 흘렀다. 나와 오빠는 그 흔한 사춘기도 겪지 않은 것 같다. 그나마 지금도 떠오르는 건, 중학교 2학년 즈음 아빠가 다리를 크게 다친 일이 있었다. 아빠는 당시 철강회사에서 용접하는 일을 했는데 엄청나게 큰 철강에 작업을 하시다가 실수로 크게 다친 것이다. 무슨 일이 있었는지는 모르겠지만 그 사고 이후 회사를 다니지 못하게 되었다.

다리가 낫지도 않았는데 깁스(Gips)한 다리로 가방을 둘러메고 일용직 일이라도 찾아야 했다. 아빠는 한창 클 나이인 나와 오빠를 보면서 아프다는 이유로 누워 있지 못했던 것이다. 가장으로서의 역할을 하기 위해 일당벌이를 한 것이다.

그러나 하루 일하고 받는 일당으로는 생활비가 절대 부족했을 것이다. 월세가 밀리는 일이 자주 있어 그때마다 집주인이 문을 쾅쾅 두드리며 한바탕씩 하고 갔다. 아빠는 집주인을 보자마자 절절매었다. 다친 다리 때문에 정상적인 직장 생활을 못해서 그러는 거니 사정을 봐달라고 고개를 연거푸 숙였다. 집주인 앞에서 맥을 못 추는 아빠의 모습을 보면서 지난날 미워했던 마음이 연민으로 바뀌었다.

내 눈앞에는 아빠가 아닌 삶이 힘든 한 중년 남성이 보이기 시작했다. 그러면서 나도 빨리 어른이 되어야겠다고 생각했다. 또 한편으로는 어른이 되면 지금의 가장 역할을 내가 해야 될지도 모른다는 생각을

오래된 기억이 말을 걸었다

하였다.

나는 핑계 같지만 그런 가정환경에서 제대로 된 공부를 할 수 없었다. 공부하는 방법을 모르기도 하였고 하루하루 살아낸 것만으로도 기적이었다. 가정에 보탬이 되든지 나라도 나를 책임지든지 선택을 할 수 있는 어른이 빨리 되고 싶었다. 고등학교를 선택해야 했을 때 고등학교 실업계를 가기에는 높고 인문계를 가기에는 성적이 낮았다. 얼른 돈을 벌어야 한다는 생각 때문에 졸업하자마자 직장에 들어갈 수 있는 실업계 공업고등학교 학생이 되었다.

고등학교 때 내게는 2살 많은 친구가 있었다. 그 친구는 동네슈퍼 주인 아들이었다. 고등학교에 들어가기 전, 좀 더 정확히 말하면 미워했던 아빠에게 연민을 느낀 그 시점부터 나는 밖에서 최대한 늦게 들어가기를 선택했다. 그 선택지가 그 친구네 집이다. 솔직히 말하면, 친구가 너무 좋아서만은 아니었다. 친구네 집에 가면 친구의 엄마가 손수 준비해 주신 저녁을 먹을 수 있었기 때문이다. 친구 엄마가 아들을 위해 정성스럽게 차려놓은 밥상에 나는 항상 식탐을 부리며 꾹꾹 밀어 넣듯이 밥을 먹었다. 일찍 나를 버린 엄마가 싫으면서도 엄마라는 존재를 느끼고 싶었던 건지, 따뜻한 밥상을 받고 싶었는지 지금도 그 감정은 정확히 알 수 없지만 지금 생각해 보면 친구의 엄마에게 감사하다고 말씀드리고 싶다.

친구네 집 아빠는 엄하셨다. 늦은 시간까지 친구가 집에 있는 걸 싫어하는 분이셨다. 그럼 나는 늦은 시간 친구네 집에서 어떻게 저녁을 먹을 수 있었을까. 친구네 아빠가 저녁을 먹고 가게로 다시 나가실 때까지 나는 장롱에 숨어 있었던 날도 있었고, 침대 모서리에 이불을 뒤집어쓰고 안 보이게 숨어 있었던 날도 있었다. 그 친구의 방은 끝에 있었기 때문에 일부러 고개를 내밀어 들여다보지 않으면 모르는 구조여서 가능했던 일이었다. 그리고 그때는 그것이 내가 사는 방식이었다. 이 순간만 잘 참으면 나는 저녁을 해결할 수 있으니까….

어느 날도 어김없이 나는 친구네 집에 갔다. 그날은 친구네 집에서 고기 삶는 냄새가 났다. 친구네 엄마는 평소보다 더 시간을 들여 고기를 삶아 상을 차렸다. 나는 숨어 있었다. 그런데 그날따라 내가 이 집에서 밥을 먹는 게 미안해졌다. '저 음식까지 내가 껴서 먹어도 되는 건가.' 친구네 가족만의 파티에 나는 불청객인 기분이 들었다. 처음으로 눈치가 보였다.

오래된 기억이 말을 걸었다

그것은 수치심이었다. 숙제가 있었는데 깜빡했다며 도망치듯 친구네 집을 빠져나왔다.

옷깃으로 눈물을 닦고 하늘을 본 순간, 별이 내 맘을 아는지 더욱 밝게 빛났다. 그리고 스스로에게 말했다.

'힘내! 그리고 괜찮아. 오늘 일을 계기로 당당한 사람이 되면 되는 거야. 너는 할 수 있어. 스스로 당당해지자.'

나는 언제나 너를 응원할 거야

'너, 참 많이 변했다?'

지금의 네 모습을 상상이나 해봤니? 여러 사람과 웃고 소통하고, 활동하고 있는 너의 모습 말이야.

'기억하고 있니?'

너에게는 땅속 깊이 박혀 있는 나무뿌리처럼 뻗어 있는 무기력증이 있지. 그것이 너무 심해서 치료까지 받고 있잖아. 그리고 보니 요즘 그 무기력함을 때때로 인지하지 못하는 것 같아. 예전부터 네가 원했던 상황이 일어나고 있는 게 느껴져.

해야 할 일들이 뱅뱅 돌고 있는데, 몸은 천근만근 움직여지지 않고 흠뻑 젖은 스펀지처럼 아무것도 할 수 없는 상황의 연속이었던 거.

그런 나를 사람들은 이해하지 못할 거야. 그것은 다른 사람의 눈에는 게으름으로 보일 수도 있거든. 사람들마다 각자 갖고 있는 생각으로 나를 판단할 수 있겠지만, 나는 내 나름대로 그런 상황 속에서 그리고 안개 속을 걷는 것 같은 그런 상황 속에서도 흔들림 없이 나의 방향을 찾으려 애썼어.

'책에서 나의 길을 찾기 시작했어.'

나는 나에게 책 속에서 나의 길을 찾으려 한 건 너무 잘한 것 같아. 무기력에 빠져 스스로 동굴을 찾아 고립상태에 나를 던졌는데, 스스로 나를 힘들게 하고 있었는데, 어린 시절 별이 내게 빛을 밝혀 주었듯 책이 내 인생에 조언을 해주었지. 비록 작가들을 만나 이야기를 나누진 못했어도 글자를 통해 나는 그 사람을 마음으로 만났지. 그리고 삶의 방향을 하나하나 찾게 된 거지. 책이 나를 움직이게 했어. 내 안에 잠재되어 있는 강점들을 하나씩 꺼내게 했지. 내 마음에 있는 가시와 상처를 꺼낸 건 버리는 게 아니라 나의 강점으로 돌아와 채워진 게, 그 쌓인 나의 파편들이 지금의 내가 되어 있는 거라고 생각해.

'과거의 너는 늘 남 탓만 해왔다. 그치?'

맞아. 하지만 지금은 아니야. 나의 어린 시절에 있

었던 나의 기억들이 남을 탓하게 한 것 사실이었어. 하지만 지금은 나도 아이가 있는 엄마야. 나는 내 엄마와 아빠처럼 그런 엄마가 되지 않을 거야. 아내라서 어쩔 수 없는 상황이라고 남편이 경제적으로 책임지는 위치니까 난 이렇게 살아야 한다고 생각했지. 그런데 내 아빠처럼 내 남편을 그런 상황에 방치하고 싶진 않아.

나는 그 누구도 탓하지 않을 거야. 이 세상에 나온 것 자체는 내가 선택한 게 아니듯 남을 의식하고 사는 게 아니라 나와 내 가족이 함께 행복하게 사는 길을 스스로 선택할 거야. 그 어느 누구도 나의 삶을 강압적으로 살게 하진 않을 거야. 지금의 삶에 늘 감사하면서 평범한 삶을 살고 있다 하더라도 현재에 만족하면서 행복하게 살려고 노력할 거야.

'이제부터는 과거에 얽매이지 말고 자신 있게 살자!'

여태껏 내가 삶의 조각들을 하나씩 실행하고 맞춰온 것처럼, 앞으로도 그렇게 해 나갈 거야. 남의 이야기 마음이 담긴 책도 더 열심히 읽을 거고, 글을 써서 현재의 나를 더 알아가고 남도 알고 이해해 가면서, 좋은 사람들과 커뮤니티 활동을 꾸준히 해나가면서 지금보다 더 강한 나의 내면을 더 단단히 만들 거야.

　과거는 이제 나의 기억에 있지만 한 편의 그림으로 남겨 놓고 미래는 새롭게 그려 나갈 거야. 그러려면 현재를 충실히 살아야 하겠지. 그래 이제부터는 어두운 과거에 얽매이지 말고 더 힘껏 자신 있게 살아낼 거야. 나는 나를 믿거든. 그리고 나는 언제나 나를 응원할 거야.

가족은 울타리

나에게 가족은 보통 사람들이 생각하는 가족보다 그 의미가 열 배, 백 배 더 크다. 왜냐면 나는, 가족이라는 울타리를 다른 사람보다 그 의미 크기만큼 힘겹게 지었기 때문이다. 나의 부모님은 울타리는 만들었지만 기둥이 너무 허술했기 때문에 지나가는 바람에도 금방 무너졌다. 그리고 울타리를 보수해 주지 않은 채 떠나버렸다.

얼마 전, 남편과 함께 있을 때 아들이 자신의 탄생을 궁금해하면서 그 과정을 물었다. 남편과 나는 각기 다르게 가지고 있던 어린 시절 이야기를 전해주며 우리의 앨범과 아들의 어린 시절이 담긴 앨범도 함께 꺼내 하나씩 보여주면서 설명해 주었다. 그 순간 나도 그날의 기억 속에 빠졌다. 나에게도 어린 시절에 가족이라는 울타리가 있었다. 원으로 크게 만들어진 울타리 속에서 나는 때론 웃은 적도 울었던 적도 있었다. 물론 부모님의 보호도 받았다. 그러나 앨범의 마지막 장을 덮는 순간 울타리가 무너졌다. 아이에게 존재할 수밖에 없는 부모라는 이름의 울타리는 내겐 깊고 아픈 상처로 자리하고 있었다. 스스로 판단할 줄 몰랐던 어린 나이였던 때에는 당연했던 울타리가 무너졌고 그대로 성인이 된 나에게는 그 울타리를 짓는 것이 느리고 힘겨울 수밖에 없었다. 나 자신에게 물었다.

'이 울타리를 지금 나는 잘 짓고 있는가?'

그나마 다행인 것은, 나에겐 어린 시절을 같이 의지했던 오빠가 있다. 오빠는 내 작은 두 팔로 안을 수 있을 만큼의 울타리였다. 그 울타리는 뜨거운 햇볕에 그늘이 되어주었고 폭풍우가 오면 우산도 방패도 되어주는 내게는 소중한 울타리였다. 내가 나만의 다른 울타리를 짓기 위해 떠나는 그 순간까지, 그 울타리는 내 손을 놓는 그 순간까지 여전히 내 마음속에 그대로 머물러 있었다. 내가 떠난 그 울타리를 오빠는 열심히 보수해서 또 다른 울타리를 지었다. 오빠는 내게 있어 가장 귀한 울타리다.

솔직히 말하면, 오빠를 떠나 나의 울타리를 짓기 시작했지만 나는 모든 면에서 허술했다. 약한 바람에도, 이슬비에도 흔들거렸다. 내가 만들어 가는 울타리에서는 무엇이 부족했을까. 지금 생각해 보면 오로지 서로에 대한 믿음이었다. 이 믿음은 많은 사람의 축복 속에서 맹세를 한 이후부터는 조금씩 달라졌다. 그리고 4년이 지나 씨앗을 뿌려 새싹이 돋아나게 하고 열심히 새싹을 키워냈다. 물론 그럼에도 불구하고 다른 한편에선 계속해서 비가 샜다. 서로 같은 방향을 봐야 할 울타리가 방향이 맞지 않았던 것이다. 그러다 어느 순간 열매를 맺기 시작했다. 그리고 처음부터 완벽한 울타리는 없다는 걸 알고부터는 약해지면 단단하게, 무너지면 다시 일으켜 세우며, 더욱 견고하게 울타리를 보수하고 또 보수하고 있다.

오래된 기억이 말을 걸었다

셀프텔러 *Self-teller*가 되고 싶어

　오늘 수업은 어떤 주제로 시작될지 궁금했다. 보통 글쓰기 수업은 '쓰기'를 먼저 하는데 이번 강좌는 다르다. 일단 내 마음에 있는 소리를 꺼내는 것부터 시작한다. 처음엔 말하는 것과 쓰기가 상관관계가 있는 건지에 대한 의문을 가진 적도 있다. 그러나 회차를 거듭할수록 말하기와 글쓰기는 연결되어 있다는 것을 이해하게 되었다. 그 이후부터 질문카드를 통해 갑작스럽게 내 마음을 표현하는 것, 솔직한 나의 마음에 관한 답변을 무엇으로 할지 궁금해진다. 이런저런 이야기를 하며 나의 지난날을 반성하기도 한다. 아무튼 오늘도 수업을 기대하며 집안을 정리하고 서둘러 수업 장소에 도착했다.

강사가 아침 인사를 간단히 건넨 뒤에 화면을 띄었다. 화면의 주제를 보자마자 내 머리는 하얗게 변했다. 생각이 멈춘 것이다. 주제는 '내가 지금까지 살아오면서 존경과 신뢰를 느낀 사람이 있었던가'였다. 다른 참석자의 발표를 들으면서 약간의 틈을 이용해 머릿속 생각을 정리하기 시작했다. '나에게 그런 사람이 있었던가?' 아하, 유튜브에서 자주 강의를 들었던 '김창옥 강사님'이 떠올랐다. 그 이유를 간단히 발표하고 발표한 내용을 숙제로 해서 제출했다.

김창옥 강사님은 청각장애가 있으신 아버지와 평범한 어머니 사이에서 막내로 태어났다. 하지만 집안의 분위기는 좋지 않았다. 항상 아버지와 어머니는 많이 다투었다. 그 가운데서 자란 김창옥 강사님은 불안이 많은 아이로 자랐다.

자신이 원했던 길에서도 여러 번 좌절했고 그때마다 다시 일어나기를 반복했다. 스스로에게 본인의 장점을 묻고 또 물어보며 지금처럼 세상에 널리 알려진 유명인이 되었다.

그의 삶과 강의를 들으면서 진정한 셀프텔러라는 생각이 들었다. 마침 얼마 전에도 김창옥 강사님이 쓴 책을 완독했다. 내가 공감할 수 있는 부분들이 많았다. 왜냐면 나도 어릴 적 그분과 비슷한 경험이 있는 불안이 많은 아이로 자랐기 때문이다. 겉으로는 아닌 척, 힘들지 않은 척하며 남들에게 아무렇지 않아 보이기를 원하는 아이로 성장했다. 하지만 내면에는 많은 불안을 갖고 살아왔던 것이다.

불안을 제대로 소화하지 못했던 아이는 불안한 어른으로 그대로 성장했다. 내가 그 어떤 것도, 무엇도 할 수 없는 상황에 이르렀을 때 그 불안은 겉으로 드러나게 되어 있다. 좌절할 때마다 스스로에게 존재의 이유를 생각하며 정신 차리기를 반복했다. 다행스럽게도 몇 년 동안 괴롭혔던 아무것도 할 수 없었던 무기력 상태에서는 점점 벗어나고 있는 것 같다.

나는 그래서 김창옥 강사님을 내가 지금까지 살아오면서 존경과 신뢰를 느낀 사람으로 여기고 있다. 그를 통해 셀프텔러와 독서를 하면서 좀 더 나은 일상으로 한 걸음씩 나아가고 있다.

그 순간은 잊지 못해

　2018년 3월. 나에게는 힘든 나날들이 계속 지나가고 있었다. 아이는 4살이 되었고, 남편과 내 사이가 별로 좋지 않은 시점이었다. 남편은 회사일로 힘들어했고 나는 나대로 육아가 너무 버겁고 힘들었기 때문에 싸움이 잦았다. 평일에는 아이 어린이집 보내기와 데려오기 말고는 바깥 외출도 잘 하지 않았다. 매일 아이를 어린이집에 보내고 잠만 자던 내게, 무언가 마음을 환기할 만한 것과 외출할 이유가 필요했다. 그래서 찾은 것이 '혼자 영화관에 가볼까'였다. 혼자 영화를 보면 옆 사람 신경 쓰지 않고 오로지 영화에만 집중할 수 있을 것 같았기 때문에 영화관을 선택한 것이다. 사실 영화 보기를 시작한 건 무료였기 때문이다. 당시 통신사 혜택 덕분에 한 달에 한 번 영화표를 예매할 수 있었다. 그 당시 외출도 잘 하지 않았던 나는 이 혜택을 활용해서 '한 달에 한 번 외출이라도 하자' 하고 다짐을 했던 것이다.

아이를 어린이집에 보낸 후 바로 볼 수 있는 영화를 선택했다. 영화의 장르 따위는 중요하지 않았다. 나는 그냥 집 밖으로 나가 환기할 수 있는 그 무언가가 필요했으니까. 그때 보게 된 영화가 '콜 미 바이 유어 네임'이다.

어떤 영화인지도 모르고 봤던 나는 충격을 받았다. 알고 보니 퀴어 영화였기 때문이다. 그런데 특별한 것이 담겨 있었다. 이 영화에는 현실을 잠시 잊게 해주는 힘이 있었다. 남자주인공들의 솔직한 감정표현들은 내게는 그냥 사람 대 사람으로 다가왔다. 어린 남자주인공의 어수룩하지만 풋풋한, 그리고 열정적인 사랑을 간접적으로 느낄 수 있었다. 첫사랑이었다. 첫사랑이라 어떤 마음인지 모르고 방황을 하다가 자신의 마음을 깨달은 다음부터는 진심으로 상대방을 향한 뜨거운 진심을 건넨다. 그렇지만 영화는 해피엔딩은 아니었다. 마지막에 남자주인공들이 결국은 현실적인 위치에서 헤어지게 된다. 그를 지켜본

아버지가 건넨 조언이 그때의 나에게 많은 생각을 하게 해 주었다. 아들의 행동이 절대로 해서는 안 되는 것임을 질타하는 것이 아니라 아들의 인생을 위해서 조언을 건넨다.

'상처를 빨리 아물게 하려고, 마음을 잔뜩 떼어내다 간 서른쯤 되었을 땐 남는 게 없단다. 그럼 새로운 인연에게 내어줄 게 없지. 그런데 아프기 싫어서 그 모든 감정을 버리겠다고? 너무 큰 낭비지. 나도 기회는 있었지만 너희와 같은 감정은 못 가져봤어. 늘 뭔가가…. 뒤에서 붙잡았지. 앞을 막아서기도 하고.

어떻게 살든 네 소관이지만 이것만 명심하렴. 우리의 몸과 마음은 단 한 번 주어진단다. 그런데 너도 모르는 사이에 마음이 닳아 해지고 몸도 그렇게 되지. 아무도 바라봐 주지 않는 시점이 오고 다가오는 이들이 훨씬 적어진단다. 지금의 그 슬픔, 괴로움 모두 간직하렴. 네가 느꼈던 기쁨과 함께.'

이 대사를 듣고는 가슴이 울렸다. 아들의 행동을 질타하는 것이 아니라 아들의 입장에서 진심으로 조언을 건네는 것이 느껴졌기 때문이었다. 육아로 지쳐 있는 내가 설렘을 느낄 순간이 부족했는데 첫사랑을 겪어 내는 인물의 마음에 동화되어서 오랜만에 두

오래된 기억이 말을 걸었다

근두근 설레기 시작했다. 누군가의 조언이 필요했었는데 영화에서 그 조언을 듣게 되었다. 기쁨을 생각할 겨를이 없던 나의 마음에, 어두운 마음에 힘들었을 아들과 남편에게 미안했다. 아직도 그때 그 순간을 절대 잊지 못한다.

2033년 5월 25일 수요일

    화창한 수요일이다. 며칠 동안 흐렸던 날씨가 드디어 활짝 개었다. 쏟아지는 햇빛과 살랑대는 바람을 느끼고 싶었다. 나는 눈을 감고 그 느낌을 만끽했다.

    '아차차. 오늘 물건이 들어오는 날인데, 이러고 있을 때가 아니지.'

    나의 만끽은 단 몇 초에 불과했다. 오늘은 신상이 들어오는 날이라서 다른 날보다 일찍 출근해서 가게 문을 열어야 한다. 준비를 하고 가게 앞에 도착했다. 따가운 햇볕이 노란 간판을 더욱 노랗게 빛나게 해주었다. 가게에 들어가 모닝커피를 내리는 동안 잠시 의자에 앉았다. 내가 지금처럼 이 하루를 온전히 보낼 수 있는 건 지난 10년 간 노력의 결실이다.

오래된 기억이 말을 걸었다

잠시 회상에 잠겼다.

10년 전, 나는 양말장사를 시작했다. 집에서 온라인으로 예쁜 양말을 팔려고 했었다. 하지만 온라인 장사는 쉽지 않았다. '양말'이라는 단어를 검색만 해 봐도 수천, 수만 가지가 나온다. 당시 나는 '양말은 지나가다가 보여야 한다. 내 양말은 실제로 보면 너무 예쁘다'라는 자신감이 있었다. 이 자신감으로 동네에서 조금 떨어진 공원에 무작정 좌판을 폈다. 장사라고는 아무것도 모르는 내게 그런 자신감이 어디서 나왔는지 모를 정도다. 첫날 2만원, 둘째 날 3만원, 그리고 8만원, 20만원. 날이 갈수록 판매는 늘었다. 점점 늘어나는 판매금액에 자리를 잘 잡았다며 혼자 기쁨을 누렸다.

그러던 어느 날, 공원관리인이 왔다. "공원을 한 바퀴 순찰할 때까지 계속 있으면 물건 다 압수합니다. 그러니 빨리 정리하세요!"라고 했다. 처음 당하는 일이라 겁이 나서 얼른 수레에 양말을 담았다.

돌아오는 길, 사랑하는 사람에게 실연을 당한 것처럼 가슴 한 구석이 뻥 뚫린 느낌이 들었다. 열심히 사는 거 하나로는 세상은 녹록지 않았다. 수레를 끌고 간신히 집으로 돌아왔다.

남편에게 전적으로 경제적 짐을 짊어지게 한 게 10년이다. 그러나 한 남자에게 의지한 채 사는 것보다 여자로서 엄마로서 경제적 독립을 하고 싶었다. 그렇다고 가게 보증금과 월세를 투자할 만한 여유자금도 없었다.

공원관리인에게 쫓겨난 그날 이후 다시 좌판을 깔 용기가 나지 않았다. 불법이라는 단어가 나를 더 멈칫하게 만들었다. 합법적으로 예쁜 양말을 팔고 싶었다. 그래서 찾아낸 게 플리마켓이다.

플리마켓 셀러 공고가 났던 날. 떨리는 마음으로 모집신청을 했다. 다행스럽게도 셀러로서 자격이 부여되었다.

플리마켓을 찾는 사람들이 내 양말들을 좋아해 주었다. 그 덕분으로 계속해서 플리마켓을 통해 양말을 팔았고, 드디어 1년여 만에 작은 가게에서 양말을 팔 수 있을 만큼 자금도 모였다.

스스로 이루어낸 성과였다. 그날은 웃음이 너무 나와서 웃다 자다를 반복하다 잠을 설쳤다. 그래도 좋았다. 나도 할 수 있는 사람이라는 게 증명된 것 같았기 때문이다. 그렇게 작게 시작했던 내 가게는 10년이 지나 지금 내가 서 있는 이곳이 되었다.

오래된 기억이 말을 걸었다

생각이 끝날 무렵, 가게 전면 유리창으로 용달차가 들어오는 게 보였다. 경적소리를 내며 자기가 도착했다는 것을 알리며 멈춰 섰다. 얼른 뛰어나갔다.

"이 쪽이에요. 오라이~ 오라이~."

기사님이 용달차에서 형형색색의 양말이 담긴 박스를 내려 창고로 옮겼다. 그 장면을 물끄러미 쳐다보았다. 괜히 기분이 좋았다. 현재 가게 매장에 다양한 양말이 잔뜩 걸려 있는데 물건이 계속 들어온다. 그만큼 장사가 잘된다는 것이다. 친해진 용달차 기사님도 박스를 창고에 차곡차곡 쌓아주면서 흥얼거렸다. 오늘처럼 신상이 들어올 때면 항상 부자가 된 것 같은 기분인데, 일을 해주시는 기사님도 밝은 얼굴이어서 두 배로 기뻤다.

기사님이 창고 뒷정리까지 깔끔하게 해주고 가셨다. 가게 앞 유리를 닦는데 남편이 저만치서 걸어온다. 남편이 출근하는 것이다. 남편이면서도 이 가게에서 아르바이트를 한다. 올해 초 정년퇴직을 했다. 퇴직 후 며칠 만에 함께 일하게 된 것이다. 하지만 나는 사장이고 남편은 아르바이트생이다. 처음부터 명확하게 경영이라는 선을 긋고 일한다. 물론 아르바이트비도 정확하게 계산해서 입금하고 있다. 나와 남편은 오늘 들어 온 신상을 진열하고 손님 맞을 준비를 했다. 오늘도 이렇게 분주하지만 기쁜 하루를 시작했다.

어둠이 깔린다. 요즘은 시간이 빠르다는 것을 실감한다. 신상을 받고 진열하고 손님을 대하다 보니 어느덧 저녁 시간이 된 것이다. 나도 남편도 지쳐서 마감을 미루고 의자를 당겨 앉았다. 남편이 냉장고에서 자양강장제 두 병을 꺼내더니 뚜껑을 열어 내게 건넨다. 눈으로 찡긋 감사를 표했다. 남편은 퇴직을 하고 나서부터는 무척 친절한 사람으로 변했다. 나이 탓인지, 아르바이트로 계속 같이 일하고 싶어서 그러는 건지, 이유가 무엇이든 그저 감사할 뿐이다.

그때 고3 아들이 씩씩하게 가게 문을 열었다. 대학 입시를 코앞에 두었는데도 어디서 나오는지 여유와 자신이 있어 보인다. 그래선지 보통 엄마들보다 마음이 편한 건 사실이다. 오늘도 이 시간에 여기 온 것을 보니 학원가기 전에 함께 저녁을 먹으러 들렀나 보다.

우리 세 식구는 근처 치킨집으로 갔다. 사각 테이블을 두고 듬직한 아들이 혼자 앉고 나와 남편은 나란히 앉았다. 아들은 치킨을 무척 좋아한다. 덩치는 남편보다도 크지만 여전히 내 눈엔 귀여운 아들일 뿐이다. 주인아주머니가 포크와 샐러드를 놓을 때 나는 아들을 쳐다보며 말했다.

"아들, 요즘 공부하느라 힘들지? 우리 아들 스스로 잘하는 같아 엄마 아빠가 고맙게 생각하고 있어. 항상 뒤에서 응원하고 있으니 지금처럼 자신 있게 공부하렴. 요즘 얼굴이 수척해지는 것 같아 아들 힘내라고 치킨 시켰어. 엄마와 아빠는 이렇게 즐겁게 행복하게 지내니까 우리 아들도 그랬으면 좋겠어. 원하는 대학에 하고 싶은 공부 하면서 우리 아들도 행복한 삶을 살았으면 좋겠어."

"고마워 엄마. 엄마가 행복하다니 저도 좋아요. 열심히 공부해서 우리 가족만이 아니라 이 사회에 선한 영향력을 펼치는 사람이 될게. 그러니 나 걱정 말고 가게 운영하느라 힘든 두 분의 건강이 걱정되니 살살 해요."

"그래, 우리 아들 장하네. 언제 이렇게 컸데. 엄마 아빠를 먼저 걱정해 주고. 암튼 우리 가족 셋이 이렇게 똘똘 뭉쳐 사는데 뭐가 걱정이야. 아빠만 땡땡이치지 않으면 된단다."

"이 사람은 꼭 잘나가다가 옆길로 빠지네. 나도 염

치가 있지. 암튼 아들 앞에서 그런 얘긴 그만합시다!"

"하하하…."

우리 가족은 약속이나 한 것처럼 가게가 떠들썩할 정도로 웃었다. 그때 주인아주머니가 후라이드와 양념이 반반 담긴 쟁반을 테이블에 놓았다. 오늘도 닭다리 두 개는 남편과 아들 차지다.

오래된 기억이 말을 걸었다

가끔씩은 우울해집니다.
그렇지만 이겨내는 중입니다

저는 친정이 없습니다. 지방에 살고 있는 친오빠만 존재합니다. 이따금씩 저를 우울하게 만드는 건, 존재하지 않는 친정을 생각할 때입니다. 어릴 때 아버지의 폭력으로 엄마가 집을 나가고 엄마 없는 아이로 자랐습니다. 성인이 되면서 아빠와도 연락이 끊겼습니다. 분명히 세상에 존재하는 분들인데 존재하지 않는 것 같은 부모 자식 간입니다. 엄마와는 헤어진 지 11년이 지나서야 친척의 연락으로 10년 가까이 만나고 잘 지냈었습니다. 아이를 가지기 전에는 엄마를 이해하려고 했습니다. 그러나 결혼을 하고 아이를 낳고나서부터는 생각이 바뀌기 시작했습니다. 내 목숨을 내어주어도 아깝지 않은 아이를 버리고 도망간다는 게 이해하기가 힘들었던 모양입니다. 엄마가 원망스러워지면서 사이가 점점 틀어지기 시작했고 지금은 세상 어딘가에 존재하는 부모가 내겐 존재하지 않는 사람들이 된 것입니다.

그래선지 TV에 나오는 가족 간의 이야기들은 사실 잘 보려고 하지 않습니다. 왜 그게 저를 힘들게 할까요? 그릇에 담긴 것이 없으니 내어줄 것이 없는 그릇이라는 생각이 들어서입니다. 아마 이 마음은 제가 외아들을 가져 더 많은 것을 내어주고 싶은 엄마의 마음이겠지요. 잘해주고 싶은 아내의 마음도 있습니다. 많은 것을 쏟아 내주고 싶지만 모르는 것이 많은 엄마 그리고 아내. 가끔씩은 죄책감이 듭니다. '내가 잘 살고 있는 것이 맞는가? 내가 잘하고 있는 것이 맞는가? 이게 맞는가?' 하고 말이지요. 내가 보고 듣고 느끼고 자란 것이 있다면 아이에게 남편에게 잘 해줄 텐데…. 하는 마음 말입니다.

요즘은 사람들도 자주 만나고 글도 써보고 바깥 활동도 해보고 경제활동도 해보고 '사람 사는 게 이런 건가?'라는 생각을 하고 있습니다. 부족한 체력만 보완한다면 매일을 계획하며 잘 살 수 있을 것만 같습니다.

생각을 찾고 글로 쓰고 행동으로 옮겼더니

나는 2023년 4월부터 9월까지 많이 변했다. '이렇게 인생이 변했다'라고 말할 수 있는 것이 있다. 머릿속과 마음속에만 담아두었던 이야기들을 꺼내고 또 쓰기 시작하면서 생각의 방향이 완전히 달라졌다는 것을 느끼고 있기 때문이다.

지금이 있기까지 지난 5년 동안의 나의 인생이 주마등처럼 스친다. 아들이 4살 때 무렵 나는 우울증과 무기력증이 극에 달해 있었다. 사실 내가 우울증인 것도 무기력증인 것도 모른 채 나는 그냥 부족한 사람이라는 인식만 했을 뿐 별다른 노력도 하지 않았었다.

나는 아들 덕분에 오랜 시간 우울증을 앓아 온 것

을 알았다. 아들은 4살 무렵인데도 말이 늘지 않았다. 쫑알쫑알 애기를 해야 할 나이인데도 아들은 손으로 가리키는 행동으로 표현을 할 뿐 말문이 잘 트이지 않았고, 낯도 많이 가리는 아이라 육아가 버거울 때가 많았다. 집과 육아밖에 모르던 때여서 스트레스를 푸는 방법도 잘 몰랐던 나는, 아이의 짜증과 나의 짜증이 극에 달하면 아들의 등짝을 있는 힘껏 때리기 시작했다. 그러던 손찌검이 아들의 얼굴로 이어져 아차 싶게 찰싹 소리를 내며 빨개지던 그날, 나는 병원을 찾아 상담을 받아야겠다고 결심했다.

두려웠다. 나의 아빠보다 더 심한 사람이 될 것만 같았다. 아직 나이가 어려서 검사가 어려웠던 아들을 제외하고 남편과 나는 '부모양육검사'와 '개인성격검사' 등 몇 가지 검사를 마쳤다. 최종적으로는 내가 우울증이 너무 오래되어 성격화되어 있다는 것과 우울증과 무기력증이 동시에 있다는 진단을 받았다. 나에게는 약물치료가 아들에게는 언어치료가 처방되었다.

약은 나의 감정이 요동치는 것을 잡아주었지만 무기력한 것을 잡아내어 주지는 못했다. 잠을 많이 자는 것 외에는 특별히 환기할 만한 무언가도 찾아내지 못했다. 아이가 어린이집을 가면 그 시간에 자고 아이가 돌아오면 아이를 챙기고 저녁이 되면 맥주를 한 잔 들이켰다. 나의 월화수목금은 너무나 똑같았다. 쳇바퀴 같은 일상을 보내다 보니 체중도 20kg이나 늘었다. 어느덧 내 마음속에서는 '이렇게 살아서는 안 돼'라는 생각이 웅크리고 있었다.

당시 나는 책에서 조언을 찾았다. 책은 나에게 지금 당장 할 수 있는 것을 하라고 얘기해 주었다. 또한 사업할 아이템을 찾아 주었으며, 글 쓰는 방법도 있다는 것을 알려주었다. 나는 책을 읽으면 자꾸만 휘발되는 특성이 있다는 것을 오랜 시간이 지난 후에야 깨달은 뒤 기록하기 시작했다. 읽는 책이 많아질수록 나의 행동도 조금씩 달라졌다. 나의 행동이 달라지니 아들의 성장에도 긍정적인 많은 영향을 주었다. 아들은 8살이 되면서 더 이상의 언어치료는 받지 않아도 될 만큼 성장해 있었다.

양말로 사업을 해보자고 결심을 하고 난 이후 좌판을 거쳐 플리마켓도 참여하게 되었다. 거기에서 만난 귀중한 인연이 글쓰기 수업으로 이어졌다. 지난 5월에 글쓰기 수업 주제에 맞추어 과제를 제출했던 것이 생각난다. 주제는 '현재보다 10살이 많은 내가 어떤 삶을 살고 있을지'였다. 그 당시에 나는 양말을 온라인마켓과 플리마켓에서 판매하고 있었다. 온라인에서, 좌판에서, 플리마켓으로 점점 확장해가는 동안 우리 집 작은방은 양말로 가득 차게 됐다. 짐을 이고 지고 마켓에 참가하고 들어오기를 반복하는 동안 나의 공간을 가지고 싶은 마음이 절실해져 가고 있었다. 그때에 만난 주제, 그리고 글쓰기.

　과제를 제출하고 나서부터 마음에 불이 붙기 시작했다. 정말 꿈을 이루고 싶었던 것이다. 천천히 해서라도 나는 10년 후 꿈을 이루고 싶었다. 그래서 그냥 자본금이 얼마나 필요한지 알아보기라도 할 겸 부동산을 찾기 시작했다. 그런데 자본금이 적게 드는 가게들에서 점점 규모나 자본금이 커지더니 내 목표는 이미 높은 곳을 향해 있었다. 이룰 수 없을 것이라 생각했던 목표가 당장 내 눈앞에 있었다. 그리고 그것을 이루는 데 많은 시간이 소요되지 않았다. 타이밍은 기회를 불렀다. 만약 내가 글쓰기를 하지 않았더라면, 글로 나의 마음을 옮기고 행동으로 실천하지 않았더라면, 나는 지금 어떤 모습으로 지내고 있을까.

　글쓰기 수업 이전과 이후, 나는 많은 것이 바뀌어

있다. 평범한 아내, 주부, 엄마에서 지금은 양말, 의류잡화점의 사장님이 되어 있다. 글쓰기의 힘은 생각보다 컸다. 내가 생각한 것을 글로 표현하고 그것을 행동으로 옮겼더니 나는 달라져 있었다. 그리고 현재의 위치뿐만 아니라 생각의 크기도 달라졌다.

나의 장점, 10가지를 찾아보자

　나의 장점을 기록하기 전에 사전에서 장점의 정의
를 찾았다. 장점은 '좋거나 잘하거나 긍정적인 점'이
라고 잘 설명돼 있었다. 내가 먼저 생각한 것을 나열
하고 남편에게 조언을 얻어 겹치는 것을 목록으로 만
들어 보면 좋겠다고 생각했다.

　'나는 튀지 않고 잔잔하다.'
　생활에서나 직장에서나 사회생활에서 나는 있는
듯 없는 듯하게 지낸다. 이것은 사람들과 잘 융화가
된다는 말이기도 한 것 같다.
　'나는 진지하다.'
　가까이 지내는 사람들과는 거의 사는 이야기를 한

다. 센스는 없지만 늘 진심으로 대하려 노력한다.

'경청한다.'

주로 사는 이야기를 하는 일이 많아서 상대방도 사는 이야기를 할 때가 많다. 상대방의 이야기에 귀 기울여 준다. 그래서 나에게 고민을 이야기하는 사람이 늘고 있다.

'이해와 인정을 해준다.'

이건 남편에게 주로 향하는 나의 진심인데, 그 사람이 어떤 행동을 했을 때 그런 행동을 왜 했을까 되짚고 또 되짚으며 이해하려 애쓴다. 그리고 작은 성과라도 인정해주려고 한다.

'단점을 고치려 한다.'

내가 가진 부족한 점이 상황이나 사람에게 안 좋을 것 같으면, 나는 나를 고치는 게 맞는다고 생각한다.

'처음 하는 일도 애쓴다.'

내가 하는 일이 처음이라면 중간이라도 가기 위해 애쓴다.

'은근히 추진력이 있다.'

이것은 얼마 전에 안 것인데 일단 부딪혀 보자라는 생각을 요즘 들어 하는 것 같다. 나는 온라인으로 양말을 판다. 온라인 장사로 매출이 잘 안 늘자 공원에서 좌판을 펴서 팔아본 적이 있다.

'보조를 잘한다.'

우리 집안에서 보조를 맞추는 일이 많다. 남편이
주도해야 하는 일이 생기면 나는 거기에 부족한 점을
맞추어 톱니바퀴가 잘 굴러가도록 노력한다. 이제는
사회생활로 영역을 넓혀서 나의 역량을 늘리고 싶다.

'관심 있는 분야는 꼼꼼하다.'

집안 정리를 잘 못하고, 살림하는 걸 점수로 매긴
다면 점수가 낮을 것이다. 하지만 양말 재고 정리, 식
물 잘 키우기, 어항 관리 잘하기 등 관리를 주로 하는
일은 꼼꼼히 살펴보는 편이다.

여기까지가 내가 생각하는 나의 장점이다. 거의 집
안·살림·육아에 오랜 시간을 보낸 만큼 주로 가정일
에 치우쳐 있지만 나중에는 내가 가진 장점들을 발휘
할 수 있는 영역이 좀 더 넓어졌으면 하는 바람을 가
져본다.

오래된 기억이 말을 걸었다

내가 요즘 좋아하는 것들은 무엇일까?

나는 '잠'을 좋아한다. 스트레스를 푸는 유일한 수단이기도 하다. 잠이 부족한 날은 힘이 없거나 무기력하거나 정신이 없다. 그래서 '아침에 먹는 커피 한 잔'이 중요하다. 카페인에 예민한 나는 분말로 된 아메리카노를 저으며 꼭 향을 맡고 마신다. 그래야 정신이 들고 마시며 무엇을 해야 할지 생각하고 몸을 움직인다. 대신 많이 마시면 잠을 잘 수가 없다.

나는 '반려견'을 좋아한다. 올해 13살인 강아지가 있다. 14살 강아지도 있었는데 2년 동안 거동을 못하다 결국 무지개다리를 건넜다. 13살 된 강아지 한 마리만이 남았는데 다른 한 마리가 떠난 후 지금의 강아지를 더욱 사랑하고 있다.

나는 얇은 긴팔 하나 긴 바지 하나 입는 '초여름'을 좋아한다. 8월 초 무더운 여름에 태어나서 그런지 쌀쌀한 가을도 얼음이 생기는 겨울도 좋아하지 않는다.

나는 길가에 피는 '식물'을 좋아한다. 봄에 팝콘처럼 돋아났던 새싹이 울창한 이파리들로 변할 때, 햇살이 비추며 살랑살랑 흔들릴 때 웃음이 지어진다.

나는 살짝 더운 날씨를 좋아하다 보니 '물놀이'도 좋아한다. 직장인은 유일하게 여름에 휴가가 있지 않은가. 남편 휴가가 그때뿐이어서 휴가 때는 물놀이를 꼭 하려고 한다. 수영은 하지 못하는데 튜브로 동동 떠 있으면 행복은 가까이 있음을 느낀다.

나는 물놀이를 하고 난 뒤 배가 고프면 꼭 먹는 '고기'를 좋아한다. 물놀이 후 고기를 판에 자글자글 구워 한 쌈 크게 싸 먹는 그 꿀맛이란 형언하기 어렵다.

나는 '밀 맥주'도 좋아한다. 특히 수입 맥주를 좋아한다. 한국 맥주보다 부드럽고 거품이 조밀해서 목넘김이 좋다.

나는 고기와 맥주를 먹고 마실 때 듣는 '음악'을 좋아한다. 술 마시고 놀 땐 트로트만큼 좋은 음악도 없는 것 같다. 예전에는 주로 차트에 올라와 있는 노래를 들었는데 미스터트롯1을 보고 나서 거기서 유명

오래된 기억이 말을 걸었다

해진 트로트 가수들의 음악을 듣기 시작했다. 음악은 주로 가사를 보는 편인데 트로트의 가사들도 메시지가 있다. 그래서 하나씩 듣고 있는 중이다. 설거지를 하거나 방청소를 할 때에도 나는 이어폰으로 볼륨 빵빵하게 트로트를 듣는다. 하기 싫던 살림에 힘을 실어준다. 몸을 움직이고 싶을 때는 트로트이지만, 가만히 음악을 듣고 싶을 때는 잔나비의 노래를 듣는다. 요즘 즐겨 듣는 노래의 제목은 '초록을 거머쥔 우리는'이라는 노래다. 햇살이 좋은 요즘에 듣기 좋은 노래. 잔나비의 노래는 가사에 집중하기 좋아서 듣기 시작했다.

마지막으로 나는 '잠자기 전 독서'를 좋아한다. 주로 하루를 마무리할 때쯤 샤워를 한다. 싹 씻고 뽀송해진 몸으로 잠자리 베개에 기대어 책을 펼치고 읽게 되면 낮에 산만해져서 눈에 들어오지 않던 글자들이 그때에는 들어온다. 컨디션에 따라 매일 읽는 페이지는 다르지만 한 단락이라도 읽으려고 노력한다.

우리의 만남은 우연일까? 필연일까?

정확히 2023년 4월 8일, 플리마켓이 열리는 날이었다. 이 플리마켓에 참여하기 한 달 전에 나는 3월 초 지역온라인카페에서 플리마켓 셀러 모집 공고를 본다. 떨리는 마음으로 신청을 했고, 보름 뒤 셀러 참여 자격을 얻게 된다. 그리고 보름 동안 열심히 구상하여 인생 첫 플리마켓을 나가게 되었다. 열심히 준비한 양말들을 수레에 싣고 플리마켓이 열리는 곳으로 갔다. 자리는 선착순 배정이었기 때문에 도착한 순서대로 자리를 맡아서 정리하면 되는 것이었다. 4월이라 추울 것이라 생각했지만 그날따라 날씨도 도와주는지 하늘은 맑고 햇볕은 따사로웠다. 화려하게 꾸미고 있는 테이블과 핑크색이 물씬 풍기는 테이블

오래된 기억이 말을 걸었다

사이에 하나의 테이블이 남은 것을 발견했다. 그 자리가 좋겠다고 생각했다. 자리를 잡고 양말을 가지런히 접어 하나하나 정리하기 시작했다.

그때 옆에 있던 그녀가 "어? 살이 더 쪘나. 이거?" 그녀는 허리에 잔돈가방을 메고 있었다. 속으로 웃었다. 그녀의 첫인상이 좋았다. 동그란 눈에 검은색 안경을 끼고 있던 그녀도 아들과 함께 플리마켓에 참여했던 것이다.

떨리는 마음으로 판매를 시작했다. 좌판에서의 경험이 있어서 그런지 어렵지는 않았다. 좌판보다도 훨씬 수월해서 재미까지 있었다.

"이것 좀 먹어보세요" 하며 내밀던 머랭쿠키, 알록달록하던 그 머랭쿠키 맛을 잊을 수가 없다. 머랭쿠키는 바삭하면서 달콤하기까지 해서 그날 봄날의 차가운 바람에 약간 추위를 느끼던 나에게 충분한 에너지를 주었다.

플리마켓 중간 중간 이런저런 얘기도 하고 지나가는 강아지를 좋아하는 것도 같아, 처음 보는 사람에게 낯을 가리는 나에게 이런 면이 있었나 하고 신기해할 정도였다. 대화를 했던 그날, '그녀는 친근감이 넘치는 사람이구나'라고 생각했다.

봄이라 오후가 되니 찬바람이 불었다. 그녀는 나에게 배가 고프지 않으냐며 컵라면을 권했다. 이렇게 친절한 사람이 어디에 있을까란 생각이 들면서 차가운 바람에 따뜻한 국물이 마치 그녀의 마음 같았다. 그녀 덕분에 나는 그날 플리마켓에서 공복으로 지낼 각오를 했었다가 배가 든든한 상태로 집에 귀가했다. 두둑해진 돈 가방과 함께 말이다.

다음날 아들에게 마술공연을 보여줄 기회가 생겨 인천에 다녀오던 길이었다. 출출해진 우리는 빵을 사먹을까 생각을 하던 중 이왕에 구매할 빵을 어제 만난 그녀 가게에서 구매하는 것이 좋지 않을까란 생각이 들었다. 모두 오케이 했고 우린 그날 그녀의 제과점으로 방향을 잡는다. 그녀는 다행히 가게에 있었다. 도트무늬가 귀여운 원피스에 봄에 어울리는 바바리코트를 입고 있었다. 인사를 하며 수줍게 가게에 들어섰다. 그녀는 나를 보고 깜짝 놀라며 반갑게 맞이해 주었다. 집에 가지고갈 빵을 고르고 잠시 자리에 앉았다. 제과점은 특이하게도 '솜의 책방'이라는 작은 서점과 같이 운영되는 곳이었다. 그녀가 책방을 하는 것은 이유가 있었다. 그녀가 수줍게 건넨 한권의 책은 그날부터 나의 인생을 바꿔놓는 계기가 된다. 몇 명의 사람들이 모여 만든 책『엄마가 아닌 시간이 나를 만든다』의 공저 작가 중 한 명이었던 것이다. 나의 눈빛은 존경의 눈빛으로 변했다. 그녀에게 사인을 부탁했고 그녀는 수줍게 사인과 한 줄의 메시지를 적어 나에게 건넸다. 책을 좋아하던 내게 그녀는 그날부터 더 알고 싶은 사람으로 변했다.

집에 오자마자 며칠에 걸쳐 책을 완독했다. 그녀의 이야기가 내 맘 깊숙이 자리 잡았다. 나도 나의 이야기를 글로 적는다면 어떨지 상상도 했다. 어느 책인지 정확히 기억은 나지 않지만 글을 쓴다는 것은, '나의 마음을 토해낸다.' '치유의 글쓰기'란 표현이 기억으로 남아 있다. 생각만 가득했지 겉으로 내보이는 게 없던 나는 그녀의 모습 중에서도 표현하는 재주를 닮고 싶었다. 그리고 노력하여 이루어낸 제과점과 그 제과점에서 케이크를 만들 때 행복을 느낀다는 마음을 닮고 싶었다. 그녀의 인스타와 블로그를 서치해서 그녀를 점점 더 알아가는 무렵, 그녀는 나에게 글쓰기 수업이 있다는 것을 알려 주었다. 집 근처 도서관에서 시작할 〈마음의 소리〉라는 프로그램이었다.

강의의 제목이 마음에 들었다. 나는 마음속에 꾹꾹 눌러 담겨 있는 나의 이야기를 글로 써 볼 수 있지 않을까 생각했다. 신청기한도 인원도 이미 넘었는데도 나는 무작정 전화를 걸었다. 강사님은 지금 정원이 찼지만 자리를 마련해본다며 자격을 부여해주셨다. 그것이 내 인생의 터닝 포인트가 될 줄은 꿈에도 몰랐다. 매주 일주일마다 얼굴 보는 게 좋지 않으냐며 격려해준 그녀 덕분이기도 했다. 이렇게 시작된 글쓰기 수업이 마지막 20회차까지 약 5개월 간 진행되는 동안 나에게 많은 변화가 있었다.

평범한 주부에서 조금이나마 탈바꿈하기 위해 양말을 팔기 시작할 무렵, 가게마련은 그냥 희미한 꿈에 지나지 않았다. 우연인지 필연인지 소중한 그녀를 만났고, 그녀가 노력하여 이루어낸 성과를 본받고 눈과 마음에 담아 일상을 보냈다. 더불어 글쓰기까지 더해지니 나의 마음에는 새싹이 돋아나는 듯했다. 글쓰기에서 만난 새로운 인연들과도 커뮤니티 활동을 했는데, 그들의 언어를 듣고 글을 읽고 느끼고 체험하는 과정에서 나는 많이 성장했다.

나는 총 7알의 우울증 치료제와 무기력증 치료제를 복용하고 있었다. 그런데 글쓰기를 통해 나의 성찰과정을 경험함으로써 감정과 행동이 많이 변화하고 있었다. 그래서 총 5개월 동안 나는 약을 반 알씩

오래된 기억이 말을 걸었다

두 번에 걸쳐 줄였다. 늘리기만 했던 복용량을 줄였다는 것은 나에게는 엄청난 변화다. 왜냐하면 나는 아이가 5살 무렵부터 9살이 된 지금까지 약을 줄이지는 못한 채 늘리기만 했던 사람이기 때문이다.

나는 지금 양말·의류잡화점 사장님이 되어 있다. 그간 써내려 간 나의 마음과 목표가 나를 지금의 자리에 있게 해 주었다. 현실적인 것은 해결하지 못할 것이라는 마음가짐이 아닌, 해결을 어떻게 할 것인가, 어떻게 방법을 찾을 것인가에 대한 나의 셀프텔러는 생각을 글로 쓰게 하고 그 생각을 행동으로 옮기게 해 주었다.

'나는 하지 못할 거야'라는 마음을 갖고 살았던 나에게 많은 변화를 주었던 첫 터닝 포인트는 그녀이다. 그녀와의 만남으로 나는 지금 5개월이라는 짧은 기간에 많이 성장하고 지금 글을 읽고 있는 여러분을 만나고 있다. 우리의 만남은 우연이었을까, 필연이었을까?

노다지

그림:정 여사

제목: 성공한 다지

군것질은 못 참지

학생 때는 세끼 밥을 먹어도 뒤돌면 왜 이렇게 배가 고팠는지 모르겠다. 한창 성장할 시기라서 그런건가? 나는 유독 먹는 걸 좋아했다. 나에게 먹는 것은 가장 큰 즐거움이었다. 초등학교 시절에는 몸이 약했다. 그래서 부모님은 나에게 건강한 먹을거리를 주기위해 신경을 많이 쓰셨다. 그 덕분인지 남들이 흔히하는 군것질을 안 했다. 정확히 말하면 부모님이 건강에 좋지 않으니 먹지 말라고 하셨기 때문이다.

또래 아이들은 학교 앞 문방구를 자주 찾았다. 왜냐면 문방구에서 파는 여러 가지 음식들이 맛있어서인기가 있었기 때문이다. 당시 닭강정, 쥐포, 이름도모르는 과자 등은 최고의 간식거리였다. 나는 부모님의 말씀 때문에 문방구를 가도 사먹지 못했다. 유일하게 사 먹을 수 있는 게 초콜릿이었다. 특히 화이트 초콜릿과 헤이즐넛 초콜릿이 반반 하트 모양의 통에 들어 있어 하얀색 작은 숟가락으로 퍼먹는 초콜릿을 좋아했다. 다행히 어머니와 아버지는 그 정도의 군것질은 흔쾌히 허락해 주셨기 때문에 어린 나는 초콜릿 하나로도 만족해하며 무난히 초등학교를 졸업했다.

중학교 때다. 초등학교 시절은 초콜릿 한 가지만 사 먹을 수 있어도 만족했지만 중학생이 되어선 친한 친구들과 어울리면서 군것질에 완전히 빠지게 되었다. 가끔 쉬는 시간에는 친구들과 생라면을 부숴 먹었다. 여름이면 학교 앞 매점에 가서 얼린 젤리를 사 먹었고 제티를 사서는 그냥 가루째 털어먹고 그랬었다. 나는 점점 군것질의 매력에 빠졌고 학교 수업이 끝나면 친구들과 늘 문방구에 들렀다. 마치 참새가 방앗간을 못 지나치는 것마냥 학원에 가기 전까지 친구들과 함께 간식을 잔뜩 사서 싸 들고 근처 놀이터로 갔다. 맛있는 간식을 먹으며 그날 있었던 일로 수다를 떨었고 시간이 허용되면 그네나 시소도 돌아가며 탔다. 이 시간이 친구들과 먹고 노는 가장 재밌는 시간이었던 것이다.

고등학교 때도 마찬가지다. 군것질을 끊지 못했다. 놀기도 공부도 함께하는 친한 친구가 대여섯 명 있었는데, 그중에 아기자기하게 살림살이(?)를 잘 챙기는 친구는 점심시간을 그냥 보내는 것이 아쉬운지 꼬꼬마 시절 추억의 간식들을 챙겨 가지고 왔었다. 그 친구는 내가 초등학교 시절 먹어 보지 못했던 문방구 간식을 꼭 가져와서 그때의 아쉬움을 달래주기도 했다. 쥐포를 비롯한 간식이 참 맛있었다. 지금도 생각할 때마다 친구들과 함께 군것질을 먹으며 보냈던 점심시간이 그립기도 한다. 아직도 뚜렷하게 생각난다. 그 밖에도 많은 추억들이 있었지만 군것질에 관련된 추억은 항상 친구들과 함께했던 점심시간이 기억 속에 가장 먼저 떠오른다.

고등학교 때 군것질과 관련된 추억이 또 하나 더 있다. 학교 거리도 한몫했다. 당시 다녔던 초등학교와 중학교는 집과 멀지 않아서 부모님 몰래 간식을 사서 맘 편하게 먹을 수 없었지만 고등학교는 거의 한 시간이나 걸리는 곳에 있었기 때문에 내가 맘만 먹으면 얼마든지 먹을 수 있었기 때문이다. 집에 조금 늦게 귀가할 일이 있으면 미리 연락만 하면 부모님께서는 크게 걱정하지 않으셨기 때문에 자주 늦은 시간까지 친구들과 수다를 떨며 분식집에서 모임을 가졌다.

그래서 나는 수업이 일찍 끝나면 친구들과 분식집을 가기도 하고 둘레둘레 얘기하면서 원래 타던 정류장이 아니라 어차피 늦는 거 하면서 다음 정류장까지 친구들과 함께 걸어가기도 했다. 정확한 시기는 기억나지 않지만 그렇게 수다 삼매경에 빠진 어느 날, 골목을 굽이굽이 지나니 한 초등학교가 눈에 띄었다. 나 같은 먹잘알은 잘 알겠지만 옛날이나 지금이나 초등학교 앞에는 분식집이 있기 마련이다. 그 분식점이 꽤 기억에 많이 남은 이유는 겉은 굉장히 허름했었는데 덩굴로 인해 간판이 보이지 않아 분식집 이름조차 제대로 보이지 않았기 때문이다. 근데 그와는 반대로 내부 구조는 가정집 구조로 굉장히 깔끔했고 리모델링이 끝난 지 얼마 안 된 것 같았다. 친구와 나는 그런 신비로운 분식집을 그냥 지나칠 수 없었다. 설레는 마음을 갖고 메뉴판을 보고 또 놀라지 않을 수 없었다. 양념 감자, 컵밥, 김밥, 떡볶이 등 우리의 최애 음식들이 다 있었다. (그때의 기준으로) 뭔가 초등학교 앞 분식집에서 잘 팔 것 같지 않은 메뉴들도 팔았었다. 나와 친구들은 속으로 쾌재를 부르며 이곳을 앞

오래된 기억이 말을 걸었다

으로 우리 모임의 장소로 만들어야겠다는 생각을 했었다. 학교 앞의 다른 분식집들은 많은 학생들 때문에 자리가 없었다. 그런데 여기는 조금만 걸으면 맘 편하게 골라 먹을 수 있었고 심지어 학생들도 많이 없었으니 명당이 따로 없었다.

그 분식점은 그 후로부터 우리의 아지트가 되었다. 나와 친구들이 졸업할 즈음에는 그 분식집이 맛집으로 소문이 나서 우리만이 아니라 우리 학교 학생들로 꽉 차기도 했다. 나에게 군것질은 학창시절 가장 기억에 남는 추억이다.

'군것질은 그때나 지금이나 못 참지….'

도둑과 호구

　사람들 누구나 한 번쯤은 사기를 당한 경험이 있을 것이다. 내 또래라면 주로 게임에서 당한다. 나도 게임을 좋아하고 많이 했었기 때문에 몇 번 당한 후부터는 의심하는 병이 생겼다. 그래선지 게임 중에는 조심하는 편인데 현실에서는 아직도 가끔 당할 때가 있다. 나는 미지의 사람들을 오프라인에서 만나는 것을 좋아하지 않는다. 좋은지 나쁜지 모르는데 무턱대고 만나는 것은 위험하다고 생각하기 때문이다. 그렇다고 무턱대고 사람들을 잘 의심하는 건 아니다. 내가 온라인이든 오프라인이든 사람 만나는 것을 조심하는 이유는 그때의 일 때문이다.

　나는 천주교 신자다. 중학교 시절 주말마다 혼자

성당엘 다녔다. 매주 일요일 저녁 미사를 드리러 갔다. 성당에 가는 길은 골목길을 지나야 하는데 이 골목길이 꽤 음산하다. 특히 해가 떨어지는 저녁시간이나 미사를 마치고 돌아올 때는 혼자 다니기가 무서울 정도다. 골목길은 꽤 긴 편이다. 양 쪽에 화물차와 봉고차들이 주차되어 있다. 가로등은 등이 언제 나갈지 모를 만큼 이미 빛을 잃어가고 있었다. 이런 골목길의 분위기를 잘 아시는 엄마는 미사가 끝나는 시간에 맞춰 데리러 오시기도 했다.

그런데 그날은, 미사가 좀 일찍 끝나 혼자 출발했다. 조금 일찍 가면 골목 중간에서 엄마를 만날 수 있을 거라고 판단했기 때문이다. 골목 입구에서 보니 중간 정도의 가로등 아래에 한 사람이 서 있었다. 가로등이 워낙 희미해서 누군지 알아 볼 수 없었다. 혹시 엄마가 아닐까 생각하니 안심이 되었다. 그러나 엄마가 아니었다. 서 있는 행색이 남자로 보였기 때문이다. 한 걸음 옮길 때마다 그 남자와 거리가 가까워졌다. 가까워지자 그 사람이 어른이 아니고 학생이란 것을 확신할 수 있었다. 검은색 야구 모자에, 아x다스 외투, 바지는 허름해 보이는 스포츠바지였다. 나와 연배가 비슷해 보였다. 모르는 사람이라 지나치

려던 중이었는데 남자애가 불쑥 말을 걸어왔다. 약간 상기된 목소리로 핸드폰을 잠깐 빌려줄 수 있느냐는 것이었다.

나는 잠시 망설였다. 그러나 이 학생이 뭔가 급한 일이 있는 것으로 생각했다. 약간의 시간차이를 두고 핸드폰을 건네주었다. 평소 나는 사회고발 프로그램을 많이 보는 편인데 이 아이가 가정폭력을 당해서 집에서 도망쳐 나와 경찰서에 신고하려는 것이 아닐까 하는 상상의 나래를 펼쳤었다. 왜냐면 어두침침한 가로등 아래였지만 그 학생의 손은 앙상했고 상처도 있었기 때문이었다. 내 핸드폰을 건네주곤 그 아이가 통화를 편하게 하라는 뜻에서 잠시 고개를 뒤로 돌렸다.

잠깐 고개를 돌리는 찰나, 두 명의 남학생과 한 명의 여학생이 갑자기 옆에 주차해 있는 트럭 뒤에서 나왔다. 그 학생들은 나에게 길을 물어봤다. 순간 무서웠다. 그러나 내가 알지 못하는 곳을 물어봤기 때문에 모른다고 대답하고 다시 그 아이에게로 눈길을 돌렸는데 남자애가 잠깐 사이에 사라지고 없었다. 황당하고 당황스러워 발을 동동 구르는데 마침 저만치서 여대생으로 보이는 언니가 오고 있었다. 세 명의 학생들은 어느 샌가 사라져버렸었다. 나는 그 언니에게 자초지종을 얘기하고 핸드폰을 빌려 엄마에게 전화했다. 잠시 후 엄마가 오셔서 다시 한 번 설명을 하던 중이었다. 엄마 핸드폰이 따르릉 울렸다. 방금 통화했던 여대생이라고 하면서 좀 전에 내가 얘기해준 학생과 인상착의가 비슷한 남자애가 달려가는 것을 보았다고 제보해주었다.

엄마와 나는 그 언니가 얘기해준 곳으로 뛰어갔다. 연립 한 채가 보였다. 엄마가 경비원에게 인상착의를 설명하며 남자아이를 보았느냐고 물어봤다. 우리의 얘기를 들은 경비원은 깜짝 놀라며, 우리가 오기 조금 전에 그 남자아이가 배가 아파 경비실 화장실 좀 쓰게 해달라고 해서 금방 화장실로 들어갔다 나간 지 얼마 안 되었다고 했다. 우리는 경비실 CCTV를 통해 확인해 봤다. 내 핸드폰을 가져간 학생이 맞았다. 엄마는 바로 경찰서로 향했다. 조서를 쓰고 경찰관분들의 위로를 받았다. 그렇게 이틀의 시간이 지나고 어머니한테 범인을 잡았다는 연락이 왔었다. 검거 과정을 들어보니 내가 진술했던 그날의 인상착의를 하고 피씨방에 있어서 쉽게 잡을 수 있었다고 하셨다.

하지만 나는 기쁘지 않았다. 왜냐하면 핸드폰을 찾

지 못할 걸 알고 있었기 때문이다. 남자아이는 핸드폰을 가져간 후 화장실에 들렀던 아파트 앞 길바닥에 그냥 버렸다고 했다. 많이 속상했다. 핸드폰을 새로 바꾼 지 얼마 안 되었기 때문이다. 나는 합의를 해주고 그 사건은 마무리되었지만 아직도 그날의 놀라움은 사건은 잊히지 않는다. 어린 시절 그날의 경험과 게임 중 당한 사기 때문인지 나는 사회생활과 인간관계를 소극적으로 하는 편이다.

엄마와 도시락

학창 시절, 가장 설레었던 기억을 떠올려 본다.

학교 체육대회 때 친구들과 즐겁게 뛰었던 때? 아니면 수련회 때 선생님께 들킬까봐 가슴이 조마조마한 상태로 밤새도록 수다를 떨던 때? 그것도 아니면 학교가 끝난 후 삼삼오오 모여 분식집에서 시간을 보냈던 때? 이 외에도 학창 시절은 하나하나 모두 다 추억이다. 나에게는 특히 초등학교 시절 엄마께서 만들어주신 도시락을 먹었던 점심시간이 가장 특별하다.

초등학교 1학년 때는 도시락을 싸 와야 했다. 우리 반 아이들은 30~40명인 것으로 기억한다. 아이들은 제각각 서로 다른 반찬이 들어있는 도시락을 가지고 몇 명씩 모여 도시락을 먹으며 즐거운 시간을 보냈다. 지금 생각해 보면 도시락 유형은 각기 달랐다. 엄마들이 새벽같이 일찍 일어나서 싸주신 도시락, 전날에 미리 만들어 싸놓은 도시락, 분식집에서 사온 도시락 등이었다. 어떤 도시락이든 서로의 반찬을 나누어 먹는 점심시간은 우리들에게 기다려지는 시간이었다.

나는 아이들과 좀 달랐던 것 같다. 왜냐하면 엄마는 항상 점심시간이 되기 직전에 요리를 시작해서 딱 시간에 맞춰 도시락을 갖다 주었기 때문이다. 그래서 항상 따뜻하고 맛있는 도시락을 먹을 수 있었다. 아무튼 엄마가 요리해 만든 도시락이 교실로 오면 아이들은 내 자리에 하나 둘씩 모이기 시작했다. 항상 시간에 맞춰 배달되어 오는 내 도시락은 친구들에게는 호기심의 대상이었기 때문이다. 아이들은 내가 도시락 뚜껑을 열기 전까지 서로 손을 모아 기대하며 기다렸다. 아직도 잊혀지지 않는다. 그때의 내 도시락 통까지…. 내 도시락통은 짙은 녹색의 직사각형 틀에 하얀색 플라스틱 뚜껑이 덮여 있었다. 도시락 통은 2개였다. 하나는 메인메뉴가 담겨 있고 또 하나는 간식이 들어 있었다.

엄마는 어느 날엔 미니 삼각김밥에 알록달록 후레

이크를 뿌려 닭고기 완자와 생과일을 넣어주시기도 했고, 또 어떤 날엔 동글동글 한입 크기의 귀여운 주먹밥에 떡갈비와 볶음김치, 내가 좋아하는 초코 빵을 조각내어 넣어주셨다. 내 도시락은 아기자기하고 맛도 좋아서 초등학교 1학년 꼬맹이들의 마음을 빼앗기에 제격이었던 것이다. 그래선지 아이들은 하나라도 받아먹고 싶어서 너나 할 것 없이 내게 동정심을 어필했다. 나는 그런 친구들에게 나눠 주곤 했다. 나는 거절을 잘 못하는 성격이었다. 아이들에게 거의 다 퍼 주고 난 후 집에 가면 배가 고파서 학원을 가기 전엔 꼭 컵라면을 먹고 가기도 했었다.

또 하나는 초등학교 5학년 때였다.

그때는 학교 급식실이 있었는데 학교 사정상 몇 달 동안 급식이 끊기는 일이 있었다. 그 기간은 대체도시락을 지원받기도 했다. 하지만 대체도시락은 맛도 없었고 반찬도 별로였다. 나는 먹는 거에 약간 예민한 성격을 갖고 있었다. 대체도시락을 거부하고 엄마에게 도시락을 싸달라고 했다. 엄마는 그래서 5학년 때 몇 달 간 또 도시락 배달을 해야 했다. 늘 점심시간이 되기 1~2시간 전에 요리를 시작하여 따뜻하고 맛있는 음식을 보온도시락에 넣어 나에게 갖다 준 것이다. 내가 좋아하는 메뉴를 매일 다르게 해서 갖다 주셨다. 시원한 국물의 수제비를 해주기도 했고, 고기가 많이 들어있는 스파게티뿐만 아니라 잡채를 해주시기도 했다. 거기에다 항상 잊지 않고 디저트까지 챙겨 주셨다.

6학년 때는 더 재밌는 일화가 있다. 그때 내 짝꿍은 말이 별로 없던 여자아이였다. 그 아이는, 엄마가 요리해서 갖다 주는 따끈하고 맛있는 도시락을 먹는 내가 부러웠던 모양이다. 어느 날부턴가 그 아이의 엄마도 도시락을 싸 갖고 오셨기 때문이다.

나중에 엄마에게 들은 이야기다.

그 아이는 나에 대한 부러움을 자기 엄마에게 말했다고 한다. 당시 그 아이의 엄마는 출산이 거의 코앞에 다가온 만삭의 임신부였는데, 그런 엄마에게 아침에 싸서 챙겨 달란 것도 아니고 학교까지 배달해달라고 졸랐다는 것이다. 내가 다녔던 학교는 4층 건물이었는데 6학년 교실은 맨 꼭대기 층이었다. 그 친구의 엄마는 딸의 청을 들어주려고 만삭의 몸을 하고도 힘들게 올라왔던 것이다. 그러던 중에 항상 미리 와서 나를 기다리고 있었던 우리 엄마와 만나게 되었고, 엄마에게 자기가 만삭의 몸으로 도시락을 싸 온 이유

오래된 기억이 말을 걸었다

를 말하게 된 것이었다.

십여 년이 지난 지금 그때를 돌이켜보면서 엄마의 지극한 사랑에 다시 한 번 감사를 표하고 싶다. 어느 덧 나도 결혼할 나이가 되었다. 언제 할지 모르지만 내가 결혼해서 아이를 낳고 엄마가 된다면 엄마가 했던 것처럼 내 자식에게 똑같은 사랑을 주는 엄마가 되고 싶다.

THE GRADUATE

"혹시 좋아하는 영화 있으세요?"

이런 질문을 받는다면, 나는 항상 정해진 대답이 있다.

"더스틴 호프만, 캐서린 로스 주연의 '졸업'을 좋아합니다."

"그 영화를 좋아하게 된 계기가 무엇인가요?"

20××년 4월, 고등학교 3학년이었다.

그날 날씨는 춥지도 덥지도 않고 쾌청했다. 엄마는 나에게 학교 축제에 나가보라고 권유하셨다. 졸업하기 전 좋은 추억을 만들어 보라는 명분이었다. 나는 2학년 때 도전을 해봤지만 오디션에서 탈락의 쓴

오래된 기억이 말을 걸었다

맛을 이미 경험해 봤기 때문에 재도전은 전혀 생각해 보지 않았다. 하지만 팔랑이는 내 얇은 귀는 엄마의 구슬림에 넘어갔다. 그래서 전교생 앞에서 무엇을 하는 것이 좋을까 궁리했다. 나는 춤이나 노래에 소질도 없고 그렇다고 전교생 앞에서 뭔가를 할 만한 쇼맨십도 없었다. 그저 평범한 고3이었던 것이다. 생각해 보니 그나마 할 수 있는 것은 어렸을 적 배웠던 피아노 연주가 전부였다. 그렇다고 피아노를 쳐서 콩쿠르에 나가 입상한 적은 없다. 그냥 악보 보면 연주 할 수 있는 수준일 뿐이었다. 그날부터 무엇을 연주할까 고민하다가 한 가지 딱 떠오른 게 있었다. 나는 당시 한창 빠져 있던 영화가 있었다. 엄마의 소개로 알게 된 영화 '졸업'이었다.

그 영화는 미성년자가 관람하기에는 좀 부적절한 감이 있다. 그러나 파격적인 영화 내용과 등장인물들의 매력은 나를 영화에 빠져들게 했다. 사이먼 & 가펑클의 훌륭한 ost에도 매료되었다. 나는 영화를 보고 난 후부터 영화 속 피아노 연주에 푹 빠져 있었고 기회만 되면 그 곡을 연주하고 싶었다. 물론 내 피아노 실력으로는 어림도 없다고 생각했다. 사실 중학교에 입학한 후에는 피아노에서 손을 떼어 버려서 남들

앞에서 칠 만한 실력도 아니었던 것이다. 그럼에도 불구하고 현재 내가 할 수 있는 것은 그 연주뿐이라고 생각이 자꾸 들었다.

나는 약간 즉흥적인 사람이다. 어차피 9월에 오디션이 있고 축제는 10월 초쯤이니 그때까지 연습을 하면 되겠지라고 생각하고 즉시 실행에 옮겼다. 바로 초등학교 때까지 연주 공부를 했던 피아노 학원을 다시 찾아 등록했다. 초등학교 때 나를 지도한 선생님은 다른 곳으로 가시고 처음 본 선생님이 계셨다. 나는 수업 수강 목적을 말씀드렸다. 내 이야기를 들으신 선생님은 최선을 다해 가르쳐 주겠다고 약속하셨다. 그날부터 비가 오나 눈이 오나 피아노 학원에 갔다. 나보다 훨씬 어린 아이들 틈바구니에서 연습했다. 평일에는 1시간씩, 주말에는 거의 3시간씩은 연습했었던 것 같다. 혹시 몰라 연주할 곡 외에 다른 곡도 준비했다.

나는 나름대로 열심히 연습했다. 때로는 연습한 곡을 가족 앞에서 쳐보기도 했다. 부모님은 칭찬을 아낌없이 해주셨다. 부모님의 박수 소리만큼 연주 실력은 나름대로 늘고 있는 게 스스로도 느껴졌다. 다만 한 가지 문제는 울렁증이었다. 아무리 감정조절을 연습해도 잘 없어지지 않았기 때문이다.

　드디어 대망의 오디션 날이 되었다. 피아노를 연주할 사람은 나 외에 다른 한 팀이 있었다. 먼저 온 팀의 연주가 끝나고 나는 긴장감 속에 선도부장 선생님 앞에 섰다. 내 소개를 간단히 마치고 피아노에 앉아 연습했던 곡을 치기 시작했다. 긴장감과 울렁증 때문인지 연속 실수를 했다. 울렁증이 내 발목을 잡은 것 같아 속상했다. 속상해하는 찰나, 선생님이 중간에 멈추라고 했다. 나는 떨어진 것으로 판단했다. 그러나 선생님의 의외의 평가 말씀이 믿어지지 않았다. 내 연주를 멈추게 한 후 딱 한마디 하셨다. "축제날 리허설 전까지 완벽하게 연습해와!"였다.

　나는 비록 실수를 했지만, 선생님의 말씀에 힘입어 그날 이후부터 더 많은 연습을 했다. 연습시간을 더 늘리고 내 연주를 녹음하여 들어보기도 하고 내 나름대로 수정에 수정을 거쳐 노래에 익숙해지기 위해 노력했다. 옆에서 지켜보던 엄마는 나의 진행 상황을 본 후 한 가지 아이디어를 주시기도 했다. "피아노만 치기에는 지루한 감이 있으니 영상을 한번 만들어서 띄워 놓고 연주하는 게 어떠니? 너희 학교 학생들이 공감할 수 있을 만한 내용으로 말이야. 학교생활에 공감할 만한 내용이나 추억이 될 만한 내용으로 만들어 보면 좋을 거 같은데 어떻게 생각하니? 선생님 사진도 넣고 여러 아이들의 사진도 넣으면 더 재밌고 집중을 잘 할 수 있을 것 같은데….”

나는 엄마의 아이디어에 감탄했다. 하지만 나는 영상을 만들 만한 지식이 없었다. 그래서 선생님들과 학생들의 양해를 구하고 친구들과 함께 찍은 사진을 모아 피피티로 제작했다. 내가 배경음악을 깔면 사진이 들어있는 피피티를 한 장씩 넘겨주는 식이었다. 그런 식으로 나 혼자 준비했다.

드디어 대망의 축제 리허설 시간이 되었다. 총 두 번의 리허설 후에 축제가 시작된다고 했다. 나는 첫 리허설 때, 담당 선생님께 내가 준비한 상황을 말씀드렸다. 담당 선생님은 별 기대 없이 “하고 싶은 대로 해봐라~”라고 하셨다. 나는 준비한 대로 최선을 다해 연주했다. 나름대로 만족했다. 전과 같이 실수를 하지 않았기 때문이다. 만족한 기분으로 일어나 인사를 하자 선생님을 비롯한 몇몇 친구들이 큰 함성과 함께 기립 박수를 쳤다. 리허설만 보고도 큰 감동을 받았고 좋은 무대가 될 수 있을 것 같다고 칭찬을 아끼지 않았다. 그 후에 선생님께서 다른 선생님들께도 좋게 말씀해 주었는지 첫 리허설을 마친 후, 교무실이나 복도를 지나갈 때마다 나를 본 선생님들께서 아는 체를 해주었고 격려의 말씀도 해주셨다.

마지막 리허설 때는 비밀리에 진행했다. 내 무대가 시작하기 전, 선도부장 선생님과 담당 선생님 그리고 방송부 학생들을 제외하곤 모든 학생들을 강당에서 나가게 할 정도였다. 미리 진행과정이 노출되는 것을 방지하기 위함이었다. 리허설이 끝나고 선도부장 선생님과 담당 선생님은 굉장히 기뻐하면서 고맙다고까지 말씀하셨다. 하지만 그런 와중에도 나는 걱정이 많았다. 왜냐하면 피피티를 넘겨주는 건 방송부 학생들이었는데 두 번의 리허설 동안 담당하는 학생이 바뀌었고 피아노와 함께 피피티가 진행되는 상황을 나 또한 스스로 알 수 없는지라 걱정이 되었던 것이다.

그런 걱정 속에 축제 당일이 되었다. 친구들의 격려 속에 무대 위에 올랐다. 웅성웅성거리는 많은 아이들의 눈빛을 받으며 피아노 앞에 앉아 무대가 준비되길 기다렸다. 빔프로젝터가 내려오자 웅성웅성거리던 아이들은 호기심 가득한 눈빛으로 무대 위에 있는 나에게 시선을 고정했다. 나는 침착하게 '너에게 난 나에게 넌'을 치며 오프닝을 알렸다. 아이들은 처음엔 가만히 들었지만 연주가 무르익어가니 노래를 따라 부르고 분위기를 띄워주기도 했다. 그렇게 오프닝 곡이 끝나고 피피티가 시작되며 'The sound of silence'를 연주했다. 아이들은 음악이 어떻든 간에 피피티에 집중하며 웃기도 하고 또 떠들기도 하며 나의 무대를 즐겨주었다. 이것은 선생님들도 마찬가지였다. 그렇게 성공적으로 끝날 수 있겠다는 생각이 들었을 즈음 실수가 생겼다.

긴장감과 아이들의 소음 때문에 집중이 흐트러져 연주를 그만 멈추고 말았다. 그래서 예상시간보다 늦게 끝나게 되었다. 무대 건너편에서 나에게 얼른 내려오라고 손짓하고 나는 얼른 마무리를 했다. 무대가 끝나고 지난 시간에 대한 나의 노고와 현재의 실수에 아쉬운 마음이 커 눈물이 났다. 그래서 눈물을 한바탕 쏟아내고 무거운 마음으로 교실로 가던 중 몇몇 선생님들께서 찾아오셨다. 그러더니 나의 어깨를 두드려주며 칭찬을 해주셨다. "이런 이벤트를 준비하느라 고생 많이 했어. 정말 감동이었단다."

아직도 뚜렷하게 기억난다. 그 얘기를 해준 선생님들의 흐뭇해하던 미소와 따뜻한 목소리, 그리고 내 등을 톡톡 두드려주던 그 순간이, 그리고 축제를 마치고 교실로 돌아갔을 때 담임선생님께서 나를 바라 보시던 눈빛과 반 친구들이 수고했다고 박수를 쳐 준 일들…. 특히 3학년 때 공주라는 별명을 갖고 계시던 담임선생님의 "고생했다"라는 한 마디에 그동안의 고생과 피로가 다 녹아내렸다. 교양이 있는 분이었지만 까다롭고 살갑진 않으셨던 담임선생님의 칭찬은 그 어느 칭찬보다 좋았기 때문이다.

나는 축제 이후 학교생활을 즐겁게 잘 마칠 수 있었다. 나에게 그런 좋은 기억을 갖게 해 준 중심에는 엄마가 있었다. 나의 인생 중 기억에 남는 모든 에피소드에는 항상 엄마가 큰 자리를 차지하고 계신다. 내가 좋아하는 것과 잘하는 것을 발견할 수 있게 해 준 엄마에게 감사한다.

"엄마, 감사해요. 효도할게요!"

그렇게 될 거야

[일러스트레이터]

　내가 전역을 하게 되었을 때 주위에서는 안타까워했다. 왜 그 좋은 직업을 그만 두었느냐고, 들어가기 위해 노력했던 게 아깝지 않으냐고 했다. 다시 들어갈 생각은 없는 거냐고 장난 반 농담 반 물어보는 사람들도 있었다. 그들에게 대답은 안 했지만 전부터 내 자신에게 하루에도 몇 번씩 질문해왔다. '내가 좋아하는 거 말고 안정을 추구하면서 살면 행복할까? 내가 지금 잘 안된다면 어떡하지?' 등등. 내가 내 자신에게 많은 질문을 해보니 남들의 질문에 대답할 수 있었다. 왜냐면 내게 답은 정해져 있었으니까. 어찌 되었건 그래도 나를 믿고 지지해주고 응원해 주는 사람들이 있었기에 흔들리지 않고 잘 걸어왔던 것 같다.

'죽기 직전까지 내 손에 책과 미술 도구들을 들고 살아야지….'

[그림책]

얼마 전 그림책 작업이 끝났다. 우연히 시작한 일이 올해 들어 10권의 그림책을 출판하게 되었다. 전혀 생각지도 못했던 수많은 난관이 닥치기도 했지만 그때마다 내가 사랑하는 사람들이 끝까지 나를 믿고 도와주고 응원해줬다. 나에게 좋은 사람들이 있음에 감사한다. 앞으로도 더 많은 그림책을 집필하고 싶다.

[결혼과 출산]

큰아이와 작은아이가 내년이면 중학교 3학년과 1학년이 된다. 시간이 어떻게 이리 빨리 흘러갔는지 모르겠다. 사랑하는 남편을 만나 내게 찾아와준 두 명의 천사들에게 감사한다. 부모님이 내게 해주었듯 나도 아이들에게 든든한 울타리가 되어주는 좋은 부모가 되고 싶다. 내가 이렇게 할 수 있었던 건 나를 믿고 지지해주었던 남편의 도움이 있기에 가능했던 것 같다. 앞으로 지금처럼 남편을 사랑하고 아이들에게 큰 힘이 되어주는 아름답고 행복한 가정을 유지하겠다.

[노다지]

노다지가 벌써 10년이 넘는 세월 동안 나와 함께 달려왔다. 쓰라린 무명의 시간을 잘 견뎌내고 이제는 노다지 관련 캐릭터 굿즈들이 만화책으로 또는 인형으로 다양한 매개체로 사람들에게 사랑받고 있다. 창작자로서 기쁘지 않을 수 없다. 죽는 순간까지 나와 함께 할 분신이다.

[독서와 봉사]

어린 시절, 맨날 그림만 끄적거렸지 내가 책을 좋아하게 될 줄은 몰랐다. 10여 년 전에 백대현 선생님을 만나 책 출간을 하면서 나에 대한 부족함을 깨닫고 욕심이 생기기 시작했다. 그래서 집안에 나만의 도서관을 만들었다. 달에 한 번씩 도서관 책장을 정리한다. 그렇게 서재를 만들어 놓으니 남편도 나도 아이들도 책에 익숙해지고 독서량이 늘어나는 것 같다. 인생에서 가장 잘한 일 중 하나인 것 같다. 그리고 요즘은 시간이 나면 보육원에 가서 미술 수업을 해준다. 어린 시절 항상 노인복지 시설과 장애인 복지시설에서만 봉사활동을 하여 보육원에 꼭 가서 봉사를 하고 싶단 생각을 했었는데, 좋은 기회를 얻어 이렇게 아이들에게 내가 아는 지식을 나눠 줄 수 있게 되어 너무 좋다. 아이들이 나를 향해 웃어줄 때가 너무 행복하고 보람차다.

[공부]

    느지막이 대학을 다시 다니게 되었다. 세상을 점점 더 살아보니 내 분야 외의 것을 안다는 것에 중요함을 느끼고 즐거움을 느꼈다. 대학원까지 갔었지만 새로운 분야를 공부하고 싶어 다시 수능을 치고 들어갔다. 돈 버느라 애들 키우느라 공부하느라 정신이 없지만 지나고 보니 꽤 잘한 선택이었다는 생각이 든다.

[글쓰기 동기들과 백대현 선생님]

    젊음 시절 내 인생의 가장 큰 변화를 일으킨 건 백대현 선생님과의 만남이었다. 백대현 선생님의 글쓰기 수업에서 좋은 동기들을 만나 공동저자로 첫 책을 출간하게 되었다. 나에게 특별하지 않을 수가 없었다. 그렇게 차근차근 공동저자로 책을 냈던 동기들에게 서서히 많은 변화가 일어났다. 황 선생님은 양말 가게가 너무 잘되어 공장을 지으시기도 하고, 박 선생님은 자신만의 디저트 가게를 차리고 벌써 네 번째 책을 출간하셨다. 또 이 선생님은 본인의 강의가 유튜브에 올라오면 바로 조회 수 20만이 넘는 인기 강사가 되었고, 또 다른 이 선생님은 우리 글쓰기 모임을 지역에서 유명한 동아리로 이끌더니 책을 낼 때마다 베스트셀러로 인기를 얻으셨다. 그리고 배 선생님은 여행일지를 짤막하게 기록해 올렸던 글이 출판사와 연결돼 책을 출간했고 인스타도 팔로우가 엄청 늘어 유명 인플루언서가 되셨다. 백대현 선생님은 여전히 자신의 앎을 학생들에게 전하기 위해 열정적으로 가르치신다. 참! 다른 게 뭐냐면 정기획이 대형 출판사가 된 것이다. 선생님은 출판사 관리를 하다가 적당한 시간이 되면 물 좋고 공기 좋은 곳으로 가 낭만과 고독을 즐기며 책을 집필하신다. 젊은 시절 만난 인연이 오래도록 이어져 선생님의 하나밖에 없는 아들의 결혼식에도 다녀왔다. 모두 각자의 자리에서 열심히 또 눈부시게 성장하는 것을 볼 때마다 나까지 기분이 좋다.

내 맘대로 살기

#1

  매년 초 일 년 목표를 세운다. 빠뜨리지 않는 게 해외에서 한 달 동안 살기다. 금년은 뉴욕으로 정했다. 해외에 나가서 여러 좋은 추억들을 만들고 그림으로 남기는 게 요즘 내게 제일 즐겁고 행복한 일이다. 내일이면 그 실행에 들어간다. 옷가지와 그림 도구로 꽉 찬 캐리어를 끌고 체크인과 탑승을 기다리는 공항 안에서는 출발하기 전부터 가슴이 설렌다. 이번에 뉴욕에서는 무슨 일 혹은 어떤 일이 생길까 상상을 하니 잠이 오지 않는다.

오래된 기억이 말을 걸었다

#2

 오늘로 산울림 앨범을 다 모았다. LP판 모으는 걸 취미로 하고 있다. 이 취미를 시작한 후부터 내가 좋아하는 국내나 해외 가수들의 음반을 사서 모으고 있다. 서재에 가득한 좋아하는 가수들의 판을 보면 마냥 행복하다. 중앙에 마이클 잭슨 초판본 전집이 있다. 가장 어렵게 구해선지 중앙에 꽂아 두고 있다.

#3

 물 맑고 산 좋은 곳에 펜션을 지었다. 내가 건축디자인을 전문적으로 배운 건 아니지만 직접 밑그림부터 설계도까지 완성하여 지은 펜션이다. 가족과 시간이 날 때마다 와서 편안히 쉬고 간다.

#4

 도움이 필요한 사람들을 돕는 일은 나에게 참 보람

된 일이다. 아이들에겐 학교를 만들어 주고 또 어려운 이웃들에게 주거 시설 등을 제공해주는 실질적으로 도움이 될 수 있는 일을 할 수 있음에 감사한다.

#5

버림받은 동물들을 구제한다. 반려 동물 또는 곤충들을 키우는 게 일반적인 시대다. 나는 반려 동물이나 곤충을 사람처럼 아이라고 표현한다. 안타까운 건, 사랑받는 아이들이 많아지는 것만큼 반대로 버려지는 아이들이 많다는 점이다. 나는 버려진 아이들을 수용하여 식사를 나눠주고 사랑할 수 있음에 감사한다.

#6

캠핑카 타고 여행 다니기. 물론 비행기를 타고 먼 곳으로 훌쩍 떠나는 것도 좋지만 캠핑카를 몰고 방방곡곡을 돌아다니며 소박한 추억을 쌓는 여행이 참 좋다.

타임캡슐

나는 어렸을 때 크게 아픈 적이 있었다. 부모님은 그런 나를 큰 사랑으로 돌봐주셨다. 마치 어린왕자가 장미를 돌보듯, 온실 속 화초처럼 키우셨다.

부모님은 학교 성적보다 인성이 좋아야 한다는 교육관을 가지고 나를 바르게 키우기 위해 노력하셨다. 그 덕분에 공부에 대한 부담감은 없었고 부모님한테 의존적이었다. 어렸을 땐, 내성적인 면과 외향적인 면이 부조화를 일으켜 친구 사귀는 것이 어려웠다. 그래선지 학교 가는 즐거움은 없었다. 그저 남들 다 가는 학교니까 또 학생이니까 가야 한다는 막연한 생각을 갖고 있었다.

그나마 공부는 잘하지 못했지만 미술시간만큼은

즐거웠다. 미술 시간은 유일하게 나에게 허락된 자유 시간 같았다. 그래서 청소년기는 미술 덕분에 재미있게 지낸 것 같다.

청소년기를 지나 성인이 되면서 학창시절에는 눈에 띄지 않았던 나의 문제를 발견할 수 있었다. 그것은 바로 내가 말을 잘 못하고 논리력이 부족한 것이었다. 학교 다닐 때는 토론 수업 말고는 친구들과 논리를 갖고 언쟁할 일이 별로 없었다. (논리로 시작한 언쟁의 끝은 비논리로 점철된 육탄전으로 변질되니 적당 한때 끊었었음.)

여러 사람과 만나다 보니 나의 부족한 부분을 더 느끼게 되었다. 시간이 나면 가끔씩 책을 읽기도 하고 사람들과 잘 어울리기 위해 시사 상식이나 경제 같은 것도 공부하고 신문도 구독하곤 했다. 하지만 항상 뭔가 부족함을 느꼈다. 그래서 새로운 꿈을 찾아 직장을 그만둔 후에 내가 진정 하고 싶었던 것들을 차례차례 배워나갈 기회를 찾아 다녔다. 인생에는 신비한 법칙이 있는 것 같다. 사람이 간절히 바라고 원하면 퍼즐처럼 차근차근 원하던 일을 이룰 수 있는 일들이 발생한다.

나의 경우도 그랬다. 배움의 기회를 찾던 중, 집과

가까운 도서관에서 10회차 글쓰기 수업을 한다는 소식을 들었다. 마침 모든 것이 딱 들어맞게 되어서 강의를 수강했다. 후에 1회차와 10회차 때 쓴 글을 비교해 보니 많은 변화가 있었다는 게 느껴졌다. 그리고 전보다 책을 가까이하는 나를 발견하게 되었다.

그 후 1년이란 시간이 흘렀고 작년 강사였던 백대현 선생님께서는 감사하게도 연락을 주셨다. 새롭게 신설된 20회차의 글쓰기 수업 정보를 알려주셨던 것이다. 나는 감사함과 설레는 마음으로 글쓰기 수업을 수강했고 지금 이 책을 출판하게 되었다. 아직도 나는 많이 부족한 사람이다. 하지만 변화를 갈구했던 내 마음이 신비로운 법칙을 통해 백대현 선생님을 만나게 해주었고, 글을 쓰고 출판까지 하게 되었다. 앞서 얘기했던 것처럼 평범하기만 했던 내가 이렇게 출판을 하게 된 이야기를 장황하게 펼쳐보았다.

앞으로 내 인생에 어떤 일이 더 벌어질지 모르지만 항상 원하는 것이 있으면 간절히 바라고 그것을 위해 성실하게 꾸준히 노력할 것이다.

나는 몇 년 주기마다 미래의 나에게 편지를 썼었다. 나의 정체성만이 아니라 내가 진정 바라는 것을 찾기 위해 그리고 자기 점검을 하기 위해서 였었다.

그런데 최근 글을 쓰게 되면서, 또 어느 정도 나이를 먹다 보니 나를 알게 되었고, 앞으로 가야할 길을 찾게 되니 미래의 나에게 쓰는 편지는 점차 쓰지 않게 되었다.

나는 글을 쓸 것이다. 편지는 아니더라도 나에 관한 글을 많이 써두어야겠다고 생각했다. 많은 글들을 차곡차곡 모아둔 후 먼 훗날 타임캡슐을 꺼내보듯 그 글과 마주하는 날에 과거의 추억을 느끼고 미래의 삶에서의 변화를 느끼고 싶기 때문이다.

그래서 나의 첫 책이자 오래 간직 할 이 책에 나의 바램들과 작은 추억들을 짧게 적어 보았습니다. 나중에 보면 낯부끄럽기도 하고 간질간질 거릴 수도 있지만 특별한 추억이 될 것이라 생각했기에 이 책에 실게 되었습니다. 이 책을 읽어주시는 모든 분들에게 감사하다는 인사 드리며 항상 평안이 함께 하시길 바랍니다.

무주구천동

언니는 작은외삼촌의 딸로 1982년에 태어났다. 외
삼촌과 외숙모는 서로 간 다름을 인정하지 못하고 언
니가 백일이 되었을 때 이혼했다. 언니는 부모의 이
혼 때문에 돌이 되기 전부터 네 살까지 친할머니 집
에서 자랐다. 외삼촌이 지금의 외숙모와 재혼할 때,
언니를 데려가 함께 살기로 했다. 하지만 결혼 후 아
이를 받아줄 수 없다고 했다. 그 배경에 어떤 사정이
있었는지 알 수 없다. 갑자기 마음이 바뀐 외숙모는
시골에서 언니가 크는 것을 극구 반대했다. 외숙모의
반대로 네 살짜리 언니는 고아원에 맡겨졌다. 언니가
8살 되던 해 고아원에서 나와 친할머니 집으로 돌아
왔다. 아빠, 엄마, 새엄마도 있었지만 할머니 집에서

고아가 아닌데 고아로 자란 언니는 어른들에게 버림받은 어린아이였다.

몇 년 전, 언니와 나는 어린 시절 이야기를 나누었다. 언니는 내게 어린 시절의 기억이 잘 나지 않는다고 했다. 불행했던 그 시절을 기억하고 싶지 않고 완전히 지워버리고 싶다고 했다. 언니와 이런저런 이야기를 나누면서 언니와 함께 있었던 그때의 일이 떠올랐다.

1995년 또는 1996년으로 기억한다. 그때 가족은 전남 구례의 지리산 무주구천동 계곡으로 여행을 갔다. 작은 다마스 차에 온 가족이 인형 솜처럼 가득 탔다. 엄마와 이모들은 특별한 일이 있을 때마다 언니도 함께 데리고 갔다. 나는 두 살 위인 오빠도 있었지만 언니를 더 좋아했다. 오빠밖에 없었던 내게 언니가 생긴 것 같아 좋았고, 언니가 친언니였으면 좋겠다는 생각을 늘 가지고 있었다. 언니와 오빠 사이에 막내가 된 기분도 좋았다. 여행길은 도로가 꽉 막혀차 속도를 높일 수 없었다. 답답했지만 온 가족이 처음으로 떠나는 여행 때문인지 우리 가족은 흥분과 기쁨으로 차 안이 화기애애했다. 왜냐면 우리 가족에겐 정말 보기 드문 일이였기 때문이다.

오래된 기억이 말을 걸었다

무주구천동 계곡물은 맑았다. 한여름인데도 물이 차갑게 느껴졌다. 우리 가족은 계곡 근처에 텐트를 치고 자리를 잡았다. 어른들이 자리를 만들고 나서 이야기를 나눌 때 우리는 신나게 물놀이를 했다. 어른들은 가끔 우리를 불러 간식을 주었다. 엄마와 이모는 찹쌀로 화전을 만들어 주기도 하고, 컵라면을 끓여주기도 했다.

계곡에는 우리 가족 말고도 다른 사람들도 많이 있었다. 대부분 가족 단위로 온 것 같았다. 그래선지 우리 또래의 아이들이 많았다. 아이들 중에는 튜브를 끼고 계곡물에 떠 있거나 돌 위에 앉아 물장구를 치기도 했다. 어른들 중에는 저마다 자리를 잡고 자기 아이들이 물놀이하는 것을 흐뭇하게 보고 있거나 어떤 아이의 아빠는 튜브에 탄 아이들을 이리저리 끌고 다니며 놀아주기도 했고 사진을 찍는 분도 있었다. 또 어느 남자 어른들은 파라솔 아래 모여앉아 술과 과일을 먹고 있기도 했다. 여자 분들도 버너 근처에 둘러앉아 아이들이 노는 것을 지켜보거나 남자 분들의 술안주나 어린아이들의 간식을 만들기도 했다.

계곡 가장자리에는 수박을 비롯한 과일과 여러 가지 술병들이 담겨 있었다. 몇 개의 수박이 동동 떠다니는 움직임이 우스워서 한참을 쳐다보기도 했다. 강한 햇빛이 계곡물을 비추자 물살이 반짝이며 움직였다. 아이들의 까르르 웃는 소리, 어른들이 모여앉아 웃는 소리는 계곡 전체에 퍼졌다. 어린 내 눈에는 여기는 말로만 듣던 천국이었다. 모든 사람이 즐겁고 행복한 모습이었던 것이다. 그러나 우리에게 즐거움과 행복은 잠깐이었다. 이날은 잠시 천국을 즐겼던 만큼 여태 씻지 못한 큰 충격도 함께 갖고 있다.

나는 물을 무서워했기 때문에 다른 아이들처럼 깊은 물속에서 놀지 못하고 튜브에 의지해 물장구만 치며 놀고 있었다. 언니는 물을 무서워하지 않았기 때문에 튜브를 끼지 않고 내 근처에서 수영을 했다. 어른들이 튜브를 끼라고 했지만 물이 깊지 않았기에 언니는 끼지 않고 있었다. 언니는 평소에도 장난을 잘 쳤기 때문에 나는 별로 신경 쓰지 않고 튜브를 낀 채 먼 산 쪽을 바라보고 있었다. 옆에서 놀던 오빠가 맨몸으로 수영을 하는 언니를 바라보며 수영을 잘한다고 칭찬도 했다.

그 칭찬 때문이었을까? 언니가 갑자기 잠수를 하기 시작했다. 물속에 뭐가 있나 싶어서 그러는가 했다. 오빠와 나는 연거푸 잠수하는 언니를 부러운 눈으로 바라보고 있었다. 그 순간 언니의 머리가 쑥 물 위로 올라왔다.

"고모!"

언니의 머리가 우리 눈에 보이는 순간 비명도 함께 들렸다. 비명과 동시에 언니는 다시 물속으로 들어갔다. 나와 오빠는 언니가 장난치는 것으로 생각하고 쳐다만 봤다. 그런데 마침 언니의 비명을 들은 이모는 과일을 깎던 과도를 집어던지며 일어났고, 엄마도 "웬일이야!!" 소리 지르며 우리 쪽으로 달려왔다. 어떤 상황인지 몰랐던 나는 움직일 수가 없었다. 엄마와 이모들이 소리 지르며 달려오는 중에 언니의 머리가 다시 떠올랐다. 이번에는 "악!" 소리를 지르며 허우적대는 언니를 바라보면서 뭔가 큰일이 일어난 것으로 생각했다.

"유진아!"

"아이고 어떡해! 유진아!"

엄마와 이모들을 비롯한 모든 어른이 도달하기 전 너무 순식간에 일어난 일이었다. 이 때문에 어른들은 비명을 지를 뿐 할 수 있는 게 없었다. 그때 내 근처에 있던 어떤 아저씨가 언니에게 튜브를 건넸고 언니는 그 튜브에 매달려 끌려 나왔다. 언니는 곧바로 어

른들에 업혀 텐트로 갔다. 그 장면을 본 우리도 걱정
스러운 마음에 물 밖으로 나와 언니 쪽으로 갔다. 눈
을 뜬 언니는 엉엉 울면서 말했다. 수영을 하던 중에
두 다리를 돌에 올렸는데 돌이 미끄러워서 미끄러졌
고, 어느 지점에서 발이 닿지 않아 물속으로 빨려 들
어갔다고 했다.

어른 가운데 누가 "거기에 소가 있었구나. 소에 빠
졌어. 우리 조카 큰일 날 뻔했네!"라며 마음을 쓸어내
렸다. 나는 그 와중에 소가 뭐냐고 물었는데 그 어른
은, 계곡에서 한 지점이 땅이 꺼지듯 깊어지는 지점
이라고 설명해 주셨다. 아무튼 언니는 한참이 지나서
야 마음이 진정되었다. 그날 우리는 물에 다시 들어
갈 생각을 하지 못하고 텐트 옆에서 무표정하게 앉아
있었다. 마침 근처 슈퍼에 과일과 고기를 사러 갔다
온 이모부가 다른 어른들에게 말씀하셨다.

"슈퍼 주인이 그러는데, 거기에 소가 있어서 해마
다 사람이 빠져 죽었다고 하네."

"어휴 그런 줄 알았어. 얕은 줄 알았는데 거기에 소
가 있었구먼."

"물귀신이 잡아당겼나 보다. 정말 큰일 날 뻔했다."

"괜히 계곡 놀러왔다가 애 잡을 뻔했어."

엄마와 이모들은 우리가 듣는 줄로 모르고 이야기를 주고받았다.

"얘, 나는 아까 유진이가 물에 빠진 거 보고 뛰어가는데. 왜 이렇게 멀게 느껴지는지."

"그러게, 나도 그랬어. 너무 놀라서 몸이 굳어서 어떻게 해야 할지를 모르겠더라고."

"그나저나 아까 튜브 던져준 아저씨가 생명의 은인인데 인사라도 해야지. 어느 텐트에 있는 아저씨였어? 지금이라도 인사해야지?"

인사하자고 말씀하신 이모는 주섬주섬 과일과 과자 등을 챙겨 텐트 쪽으로 가셨다.

나중에 언니에게 들은 이야기다. 언니가 물속에 들어갔는데 누군가가 발목을 잡아채는 듯한 느낌이 들었다고 했다. 두 다리를 받쳐준 돌들이 갑자기 사라지고 순식간에 깊은 물속으로 끌려들어 가듯 가라앉았다고 했다. 간신히 한번 물 위로 올라왔을 때 나랑 오빠가 웃고 있는 얼굴이 보였다고 했다. 그러면서 "너는 내가 빠져서 죽을 뻔했는데 웃고 있었냐?'고 농담 반 진담 반 가슴을 쓸어내리며 그날의 놀란 이야기를 실감나게 해주었다. 나는 속으로만 '언니가 장난치는 줄 알았어'라고 답한다. 왜냐면, 죽었다 살아난 사람에게 무슨 말을 해도 그날의 기억은 사라지지 않는다는 것을 알기 때문이다.

나는 지금도 물에 빠져 죽을 뻔했던 언니에게 미안한 마음을 가지고 있다. 죽느냐 사느냐의 찰나에 내 자신이 아무것도 할 수 없었기에 미안했다. 언니가 허우적거릴 때 내 눈엔 엄마와 이모들이 보였지만 알리지도 못했다. 언니가 '고모!'라고 큰소리로 불렀는데, 그 긴박함을 이해하지 못했다. 언니의 눈에 모든 세상이 멈춰 있는 듯 보였다고 했을 때, 그 죽음의 공포에서 떨었던 언니에게 아무것도 해주지 못한 것도 미안했다. 1초도 안 되는 그 짧은 시간이었는데, 언니는 아무것도 모른 채 웃고 있었던 나와 오빠가 얼마나 미웠을까. 과일을 깎는 이모와 그 곁의 엄마 모습 그리고 주변에 있던 사람들을 다시 볼 수 없을 것 같았던 그 시간이 얼마나 무서웠을까.

어느 날, 그날의 이야기가 다시 나왔을 때 나는 언니에게 말했다.

"언니, 그날 있었던 어른들이 하는 소릴 들었는데 우리가 갔던 거기에서 전 해에도 사람이 빠져 죽었대. 그 전에도 물론이고. 언니가 살아난 건 기적인 거지. 참 다행이잖아."

오래된 기억이 말을 걸었다

"진짜? 혹시 거기에 물귀신 있나? 아직도 무서워….”

"암튼 언니가 안 죽어서 다행이야. 언니 죽는 줄 알고 나도 정말 무서웠어.”

아직도 오늘 일처럼 생각난다. 그날 해가 졌고, 예보에도 없던 비가 많이 내리기 시작했다. 계곡물이 불어날까 걱정되었던 우리 가족은 이 정도 비는 괜찮다고 하는 주변의 만류에도 불구하고 텐트를 철수하고 부랴부랴 짐을 쌌다. 어린 아이가 물에 빠져 죽을 뻔했고, 비까지 쏟아지니 알 수 없는 찜찜함을 이겨 내지 못한 것이다. 우리 가족은 휘파람을 불며 갔던 가족 여행을 다 마치지 못하고 밤새 달려 집으로 돌아왔다.

다음날 아침, 우리 가족은 뉴스를 보고 깜짝 놀랐다. 우리가 갔던 계곡에서 언니를 살려 준 그 아저씨가 소방관들이 내려 준 로프에 의해 구조되고 있는 장면을 보았기 때문이다. 우리가 텐트를 쳤던 바로 그 자리까지 폭우로 인해 계곡물이 올라와 모든 야영객이 고립되었다는 것이다. 텔레비전에서 그 장면을 본 엄마는 이모에게 전화했다. "유진이 그 사고가 우리 온 가족을 다 살렸다고. 올라오길 잘했다고 다행이라고." 흥분된 목소리는 차츰 더 커졌다.

그때 계곡에서 불어난 물살을 미처 피하지 못하고 고립되었던 사람들은 수백 명이었고, 목숨을 잃은 사람은 백여 명이나 됐다고 한다. 우리 가족이 그 참사에 포함될 수도 있었다는 생각을 하니 등골이 서늘하다. 언니가 소에 빠져서 허우적댔던 것은 그 참사에서 벗어나게 하려는 보이지 않는 어떤 존재의 경고는 아니었나 생각해 본다. 이 글을 통해서라도 그때 돌아가신 분들의 명복을 빌어드리고 싶다. 그리고 우리 가족은 그날 이후 단 한 번도 계곡에 가지 않았다.

오래된 기억이 말을 걸었다

이제 말해봐

그분은 무슨 목적을 가지고 날 이 세상에 등을 떠 미셨을까? 견딜 만큼의 고통만 주신다고 하던데 그분은 날 과대평가하고 있는 게 확실하다. 그렇지 않고서야 이렇게 많은 어려움을 차례차례 주실 수 없다. 그분은 불안에 짓눌려 허덕이는 날 보며 웃고 있지는 않겠지?

과연 나는 이 어려움을 그저 괴로워만 하고 있는가? 나는 대체 얼마나 훌륭한 사람이고 싶어서 이런 불행을 두 손 들어 반기고 있는가? 그것도 모자라서 호기롭게 어디 더 기발한 불행은 없냐고 큰소리를 치고 있다. 올 테면 와보라고 큰소리를 치고 있는 나의 모습은 새삼스레 참 가증스럽기까지 하다. 불행과 고통을 가까이에 두는 것이 글 쓰는 사람의 숙명이라고 생각하는 것이 과연 옳은 일일까?

이제는 스스로에게 사실대로 말하자. 나는 그 누구보다도 그 무엇보다도 큰 두려움을 느끼고 있다. 심지어 이 불행이 시간과 함께 흘러가지 않을 것이라는 강렬한 믿음에 사로잡혀 있다. 나는 시간이 흐르면 흐를수록 더 불행해지리라는 확신마저 갖고 있는 것 같다. 사실 나는 불행들을 차근차근 이겨낼 힘이 부족한 사람이다. 그 불행을, 사실은 받아들일 수 없다고, 사랑할 수 없다고 생각하고 있다. 그런데 왜 그토록 용감한 척하는 걸까.

세상에 존재하는 불행 중 기발하지 않은 불행이 있을까? 이 세상에 똑같은 사람이 둘 존재하지 않는 것과 같이 세상의 불행은 모두 고유함을 지녔다. 우리는 그 불행을 나누며 위로받고 위로한다. 나의 불행은 이것이야, 너의 불행 또한 굉장했구나. 그럼에도 우리는 그 불행들을 떨쳐내고 이렇게 많은 길을 돌아 만났구나. 기발하고 또 기발한 불행을 이겨낸 낯선 이를 마음으로 안아본다. 같이 울고 같이 원망하며 마음을 나눈다. 그리고 우리는 그 불행을 치유하는 시간을 가지게 되고, 혹시 또다시 다가올지도 모

오래된 기억이 말을 걸었다

를 더 기발한 불행을 이겨낼 힘을 길러낸다.

내가 가진 불행을 직시해야 한다. 이것은 용감함이나 솔직함이 아니라, 살아내기 위한 최후의 수단이다. 그 불행을 애써 사랑해야 한다. 그렇지 않고서는 도저히 삶을 사랑할 수 없기 때문이다. 나의 불행은 남들이 가진 것과 비슷하지만 나만의 것이다. 불행을 사랑하리라 이야기했지만 사실 나는 검은 물속을 들여다보는 듯하다. 말과 글로 다 표현할 수 없는 두려움을 느낀다.

나는 이곳에서 벗어날 수 있을까? 검은 물에 비친 내가 고개를 가로젓는다.

'아니, 너는 절대로 이 불행을 벗어날 수 없을걸. 시간이 지날수록 그 불행은 더 장대해질 거야. 쉽게 벗어나진 못할 거야.'

매일 스스로에게 악담을 퍼붓는다. 스스로 갉아내며 찢기고 파헤쳐져 끝내는 사라지고 말 것이다. 하지만 나는 나의 이 기발하고 기발한 불행을 들여다보고 기록하며 힘을 기른다. 이렇게 진짜 생각과 가짜 생각이 충돌할 때야말로 마음의 소리에 귀 기울일 필요가 있다. 안타깝지만 나는 스스로가 나아지지 않을 거라고 믿고 있다. 그 믿음은 오백 년 동안 한자리를 지킨 느티나무만큼이나 굳세게 느껴진다. 물론 어떻게든 이 불행을 이겨내야 한다는 마음이 있다. 모든 일이 마음먹기에 달려 있다고 하니 '할 수 있어'라고 자기최면을 걸어본다. 그럼에도 이겨내지 못할 거라는 불안이 엄습할 때, 그런 나의 불안에 귀 기울여야 할 때인 것 같다.

나는 끝이 보이지 않는 이 불행 한가운데에서 괜찮지 않다고 인정해 보려고 한다. 나는 솔직하지 않고 용감하지 않다. 다른 사람들에게 그런 사람으로 보이고 싶은 것뿐이다. 나아가겠노라고 말하는 것은 사실은 진심이 아니다. 한 번쯤은 그런 두려움을 있는 그대로 드러내도 괜찮을까? 한 번쯤은 말이다.

나는 끝내 이겨내지 못한다. 도망치고 포기한다. 그렇게 또 다른 불행들은 미처 피할 틈도 없이 내게 달려든다. 나는 속수무책으로 소용돌이에 휘말리고 떠내려간다. 휘몰아치는 불행의 폭풍 속에서도 나를 붙잡아 주는 것들이 있다.

'나는 해내지 못할 거야' 울고 있는 내게 건네주는 여행용 티슈 한 팩, '너는 괜찮을 거야' 손잡아 주는 희고 긴 손가락, '이제는 괜찮을 거야' 안아주는 포근한 품. 그리고 흐르고 흘러가는 강물 같은 시간들.

오래된 기억이 말을 걸었다

나는 스스로에게 말해본다.

'이제 말해봐. 두려워요, 도와주세요, 구해주세요
라고.'

나를 지우는 너의 삶을 축복한다

고요히 달빛이 너의 얼굴을 비추고
풀벌레가 요란히 노래하네.
너의 얼굴 조각달빛에 잠에서 깼다.
일어나 창문을 여니
눈부신 달이
누구라도 보란 듯
하늘 한가운데 밝히고 있다.

빠짐없이 기억하면 얼마나 좋을까.
애틋한 마음에 눈부신 달을 바라본다.

나는 조금 더 빨리 끝을 향해 달릴 테지.

오래된 기억이 말을 걸었다

그리고 잊는 것도 많아지겠지.
너는 조금 천천히 따라올 테지.
그리고 배우는 게 많아질 거야.

저 달을 다시 만나게 될 때
우리는 어떤 삶을 살고 있을까.
기대와 두려움이 파도처럼 오고 간다.

— 박인혜

아이를 데리고 길을 지나다 보면 결혼도 안 한 아
가씨들이 아이들을 어여뻐하는 모습과 마주치고는
한다. 나는 그 시절 단 한 번도 아이를 좋아해 본 적
이 없기 때문에 하트 뿅뿅 그녀들을 완전히 이해할
수 없다. 그래도 우리 아이를 예쁘다고 해주니 감사
할 따름이다.

아이들은 참으로 귀찮은 존재들이다. 스스로는 할
수 있는 일이 거의 없고 언제나 보살핌과 도움을 필
요로 하기 때문이다. 제 옷차림새 하나 온전히 보살
필 줄 모르는 어린아이들은 말도 안 되게 손이 많이
간다. 아이들은 컵에 담겨 있는 물이나 우유를 쏟기

일쑤고, 넘어져서 무릎이 깨지기도 하며, 무엇인가 마음에 안 들면 온 힘을 다해 울음을 쏟아내기도 한다. 그런 울음소리는 평온하던 내 마음을 불안에 사로잡히게 한다. 악을 쓰며 시끄럽게 울어대는 아이의 울음소리에 내 신경도 함께 곤두선다. 서툴고 미숙한 아이들은 내 온전한 고요함과 한가로움을 들쑤신다. 나는 태생적으로 스쳐 지나가는 아이들의 발걸음조차 번거로워했었다. 그랬던 내가 엄마라는 이름이 되고 나서야 그 작은 생명체들이 눈에 보이기 시작했다. 그제야 어린 생명체에 대해 알아가기 시작했다.

'아이는 고통으로부터 태어난다.
그러나 엄마는 그 고통을 금세 망각한다.'

첫째 아이는 수중분만으로 태어났다. 내 가슴 위에 올려졌다. 아이의 태명을 부르며 머리를 쓰다듬어 주었다. 아이는 거짓말처럼 고개를 들고는 우리를 번갈아 쳐다보았다. 새까만 눈이 두리번대며 익숙한 목소리를 쫓는 모습에 우리 부부는 특별한 전율을 느꼈다. 아이는 신생아답지 않게 융단 같은 검고 긴 머리카락을 갖고 태어났다. 새까만 눈으로 우리를 번갈아 바라보던 아이는 큰 소리로 울지도 않았다. 내가 태어나서 느낀 모든 사건과 감정들을 통틀어 가장 존귀하고 신비로우며 아름다운 것이었다. 그 어느 것과도 비교할 수 없으며 그 어느 단어로도 표현할 길이 없는 그러한 경험이었다.

둘째 아이는 둘째라 그 감동이 덜할까 생각했지만 그 아이만의 특별함이 또 다른 감동으로 우리를 울렸다. 둘째는 태어난 지 5분도 안 되어 내 가슴 위에 올려졌다. 한쪽 눈만 겨우 뜨고 흔들흔들 고개를 들어 우리를 바라보았다. 첫 아이와는 사뭇 다른 감동에 전율했다. 나는 이 아이의 등을 쓸어내리며 '엄마 만나러 와줘서 고마워'라고 속삭였다. 둘째 아이는 지금도 자다 깨면 한쪽 눈을 먼저 뜬다. 태어나는 순간의 모습을 기억하는 내게 그 모습은 매일 아침 또다시 아이를 처음 만나는 것 같은 벅찬 기분이 든다.

아이들은 이렇게 태어났고 자라났다. 매 순간 눈에 담고 카메라에 담고 글에 담아냈지만, 미처 기록하지 못하는 모든 순간을 아쉬운 마음으로 흘려보냈다.

나는 자연스럽게 지워진다. 나의 이름은 지워지고 '○○의 엄마'라는 이름에 익숙해진다. 주변의 친구들만 해도 그렇다. 나는 그녀들의 이름을 몰랐다. 그녀들도 'ㅇㅇ엄마'일 뿐이다. 내가 있어야 아이도 잘 보살필 수 있다는 것을 깨닫고 나서 그녀들에게 이름을 묻기 시작했다. 그녀들은 자신의 이름을 묻는 나의 말에 자연스럽게 아이 이름을 말하곤 한다. 그리고 "아뇨. 애들 이름 말고 당신의 이름이요"라는 나의 말에 쑥스러운 듯 자신의 이름을 말하곤 한다. 자신의 이름을 오랜만에 말하려니 어색하다는 말도 한마디씩 덧붙였다.

나와 그녀들은 자신을 사랑하지 않기 때문에 자신의 이름을 지울까? 내 경험상 나 스스로를 사랑하는 마음과는 비교도 되지 않을 만큼 아이들을 향한 사랑이 너무 큰 것뿐이다. 나를 지움이 아깝지 않을 만큼 아이에 대한 사랑이 큰 것. 그저 그뿐이다. 아이들은 내 이름과 나만의 고유한 감성을 지운다. 나는 쉴 새 없이 아이들의 말에 대답해 주어야 하고, 아이들을 위한 음식을 만들어 내며 아이들이 생활할 집을 정리한다. 가끔은 아이의 슬픔을, 분노를, 기쁨과 즐거움을 상대해 줘야 한다. 나는 편안하게 책 한 줄 읽을 수 없고, 24시간 아이들의 생활패턴을 따라 하루를 살아낸다.

가끔은 이런 삶이 힘에 겨운 것이 사실이다. 그들

이 있음으로 단 1초도 불행하다고 느낀 적은 맹세코 없었다. 아이들은 언제나 내가 얼마나 큰 사랑을 실천할 수 있는 사람인지를 깨닫게 해준다. 내가 그렇게나 강한 사람이라는 것을 발견하게 된다. 혼자라면 두려워 포기했을 만한 일들, 예를 들어 매미 혹은 곤충 잡기를 아이를 위해 해낼 수 있다. 잠이 많은 내게 아픈 아이를 밤새 돌볼 수 있는 힘도 생긴다. 자다가 눈을 감고도 아이의 위치를 찾아낼 수 있고, 주섬주섬 이불을 끌어당겨 덮어주는 능력도 생긴다. 게으름에 빠져 허우적대던 내가 어떻게든 제시간에 일어나게 하고, 꾸준히 하게 하며, 책임지게 한다. 때론 깊은 슬픔에 빠진 나를 억지로라도 양지로 끌어내준다. 아이들 해맑은 위로는 그런 나를 늘 감동시키곤 한다. 낯설고 불편해 피하고 싶은 사람과 대화도 하게 한다.

아이들과 함께하는 매 순간 매 순간이 소중한 보물과 같이 느껴진다. 아이들은 세상에 존재하는 그 어떤 말과 글로도 다 설명할 수 없는 존귀한 의미를 가진다. 그렇기에 아이들과 함께할 때 나의 이름을 지우는 것에 아까움이 없다. 마땅하고 당연한 일이기에 억울하거나 슬프지 않다. 자식을 향한 사랑에는 끝이 없고 그보다 더 깊은 바다는 존재하지 않을 것이다.
그렇기에 나는 언제나 진심으로 나를 지우는 아이들
을 축복한다.

오래된 기억이 말을 걸었다

낭만시인 백사부

저는 서른아홉에 우연한 기회로 공저 에세이 출판 프로젝트에 참여하고 있었습니다. 어린 학생 시절부터 소설을 쓰는 작가가 되고 싶었습니다. 하지만 서른아홉이 되도록 아무것도 이루지 못했습니다. 심지어 한동안은 소설가가 되고 싶다는 어렴풋한 꿈을 잊고 살기까지 했습니다. 어린 학생이었던 저는 꿈을 잊고 사는 동안 한 남자를 만나 결혼하고 아이도 둘이나 낳았습니다.

문학소녀였던 제가 어느덧 동네에서 흔히 볼 수 있는 애 엄마가 되어 있었습니다. 아이들의 등, 하원 시간에 오가며 만난 동네의 다른 엄마들이 유일한 친구였습니다. 저의 하루는 아이들 등원, 집안일, 아이들

하원, 집안일, 그리고 지쳐 잠드는 일상의 반복이었습니다. '나'는 점점 사라지고 '엄마'라는 이름이 짙어지는 시간들을 보냈습니다.

어느 날, 작가가 되고 싶었던 저의 예전 모습을 되찾고 싶어졌습니다. 그렇게 느닷없이 저는 서른아홉이 되어서야 다시 글을 쓰는 일을 떠올리게 되었습니다. 정신을 차려보니 허허벌판에서 노트북 앞에 덜렁 앉아 글을 쓰고 있었습니다. 그런데 원고를 작성하다 보니 두렵기도 하고 슬프기도 했습니다. 작가가 되고는 싶은데 글을 쓰는 스스로에 대한 의심이 가득했던 시절이었습니다. 쓰고 있기는 한데 '이렇게까지 쓰는 게 맞나? 누가 이런 글을 읽기나 할까?' 동네 애 엄마일 뿐인 내가 주제에 맞지 않는 허황된 꿈을 좇고 있는 것은 아닌가?' 이런 의문들이 가득한 시간들이었습니다. 그런 생각들에 저는 갈피를 잡지 못했습니다.

한 달 정도를 허허벌판에서 헤매다가 우연히 집과 가까운 곳에 글쓰기 수업이 있다는 것을 알게 되었습니다. 수업은 이미 진행 중이었지만 추가인원 모집이라는 문구를 보고 망설일 것도 없이 문자를 보냈습니다.

오래된 기억이 말을 걸었다

'추가인원 모집 홍보를 보고 연락드렸습니다. 수업에 참여가 가능할까요?'

처음 우연히 글을 다시 쓰게 된 것처럼 그렇게 수업에도 바로 참여하게 되었습니다. 이렇게 선생님을 처음 만난 건 2022년 초여름이었고 선생님의 수업을 듣게 되었습니다. 처음에는 우연이라고 생각했지만 지금에 와서는 그것은 정해진 시나리오 같다는 느낌을 받습니다. 전지전능한 어떤 존재가 저를 선생님에게로 데려다 준 것 같다는 운명적인 느낌이었습니다. 수업에서 만난 선생님은 항상 저를 기특해하는 표정으로 바라봐 주셨습니다. 학생 시절 이후에 '선생님'이라고 누군가를 부른 것도 오랜만이었지만 그렇게 가만히 제 이야기를 들어주고, 제가 쓴 글을 열심히 읽는 사람을 본 적이 없었습니다.

하지만 이내 꺼지지 않는 스스로에 대한 의심과 잘 풀리지 않는 개인적인 사정으로 인해 저는 흔들렸고 글쓰기 수업에서 중도이탈을 결심하게 되었습니다. 저는 선생님께 다음 수업부터는 나올 수 없을 것 같다는 말씀을 드렸습니다. 모든 이야기는 마음속에만 모아두어야 한다고 생각하니 마음이 아팠습니다. 그러나 저에게는 더 이상의 용기는 남아 있질 않았습니다. 그런 저의 생각을 전달했을 때 선생님은 여느 때와 같이 가만히 제 이야기를 들어주셨습니다. 그리고 저에게 큰 용기를 주셨어요.

선생님은 "일단 쓰기 시작했으니까 그냥 계속 쓰면 된다. 이제 막 글쓰기 시작했는데 지금 그만두면 다시는 도전하기 힘들 수도 있다"고 말씀하셨습니다. 선생님은 글을 쓰고 싶다는 오래된 꿈을 지금 아니면 다시는 못 찾을 수도 있다고 말씀하신 겁니다. "지금 너무 잘 해내고 있다고. 지금처럼만 하면 된다"라고 이어서 말씀해 주셨습니다. 저에게 글을 써 봐도 좋겠다고, 잘 해낼 수 있을 거라고 말해준 사람이 선생님이었던 것입니다.

저는 그날부터 선생님의 조언을 듣고 글쓰기에 대한 마음을 이어갈 수 있었습니다. 매일 쓰려고 노력했고, 매일 읽으려고 노력했습니다. '이렇게 쓰는 게 맞는지'에 대한 의문이 들어도 일단 써야 한다는 걸 알려주신 선생님의 말씀대로 맞든 틀리든 용기를 갖고 무조건 쓰기 시작했습니다.

과연 동네에서 흔하게 마주칠 수 있는 '애 엄마'에게서 가능성의 씨앗을 발견할 수 있는 천리안은 쉽게 생기는 것일까요? 그 가능성을 알아보고 용기를 내어

오래된 기억이 말을 걸었다

양지로 걸어 나올 수 있도록 설득하는 일이 쉬운 일일까요? 평범한 애 엄마였던 제게 '쓰는 삶'에 대한 열정의 씨앗을 뿌려주시고 그 씨앗이 잘 싹트도록 다독여 주신 낭만시인 백사부님. 한 사람을 온전히 믿어 주고 다독여 주고, 싹이 트도록 돕는 일이 결코 쉬운 일이 아니라는 걸 저는 잘 알고 있습니다. 생각보다 많은 관심과 인내심과 에너지가 필요한 그 일을, 일 년 전인 그때도, 또다시 선생님 수업을 듣고 있는 지금도 변함없이 제게 해주고 계시는 낭만시인 백사부님. 저를 양지로 이끌어 주고 계시는 저의 스승님입니다.

어머니-막심 고리키

1년에 100권의 책을 읽은 적이 있다. 이십 대 초반의 일이었다. 말 그대로 '닥치는 대로' 읽던 시절이었다. 평생 한 번은 읽어야 하는 고전 명작도 그때였기에 가능했다. 그때 읽은 책 중에 마흔이 된 지금도 기억나는 책이 여러 권 있다. 도스토예프스키의 『죄와 벌』, 헤르만 헤세의 『수레바퀴 밑에서』, 톨스토이의 『이반일리치의 죽음』 등 주옥같은 명작이다. 그중에서도 러시아 작가 막심 고리키의 소설 『어머니』는 내 인생에 큰 영향을 주었다.

그 책을 처음 봤을 때, 표지는 낡고 내지는 누렇게 변색되어 있었다. 얼마나 많은 사람의 손을 거쳐 갔는지 군데군데 구겨져 있거나 모퉁이가 찢어진 페이

오래된 기억이 말을 걸었다

지도 여러 장이었다. 이 소설은 러시아 노동자들의 혁명을 다루었는데, 주인공은 민중의 혁명을 이끌어가는 지도자의 어머니이다. 나는 이 책을 몇 번 읽었다. 이 책이 인상 깊었던 이유는, 노동자들이 평생 노동을 짊어지고 살아가는 내용이 내 아버지의 삶과 닮아 있었기 때문이다.

세상은 변하고 시간은 흘렀지만, 최하위 노동자들의 삶이 반복되고 있다는 사실에 적잖이 충격을 받았다. 어린 나이에 책 내용과 아버지의 삶을 연결해 보는 조금 어울리지 않는 생각에 빠져들었던 것 같다. 그 생각은 사상에 대한 것이었고 민주주의와 사회주의에 대한 생각이었다. 물론 그 사상에 대한 생각으로 인해서 내가 사회주의자가 된 것은 아니지만 말이다.

어쨌든 그 소설로 인해서 나는 이 세상에는 많은 노동자가 있다는 것, 그것은 세월이 흘러도 반복되고 있다는 것, 이 세상에는 생각보다 다양한 정치적 사상이 있다는 것을 알게 되었다. 무엇보다도 역사 속에 반복되는 노동자들의 비참한 삶을 읽으며 나의 아버지에 대한 미움과 원망이 조금은 사그라지기도 했다. 소설을 읽으면서 아버지에 대한 완전한 이해를 할 수는 없었지만, 그 소설로 인해서 나와는 다른 삶에 대한 깊은 생각을 하게 돼서 좋았다.

이 소설은 앞으로도 생각날 때마다 꺼내어 읽고 싶을 것이다. 나는 이 소설처럼 많은 사람이 몇 번이고 반복해서 읽는 좋은 글을 쓰고 싶다.

눈물로 쓰는 2033년

마흔의 나이에 심각한 경제적 위기가 절정에 달했다. 각종 공공요금과 아이들 학원비 등 밀리지 않은 게 없었다. 그맘때 부동산이 곤두박질쳤고, 이른바 '역전세'로 세입자와의 전쟁을 치렀다. 결혼 5년 만에 영혼까지 끌어올려서 매매했던 아파트도 공중분해되었다. 우리는 그야말로 집도 절도 없는 거지 신세가 되고 말았다. 냉장고에는 당근 한 개, 계란 세 알, 친정엄마가 담가준 김장김치 한 통이 전부였다. 하루하루 힘겹게 버티면서도 아이들은 엄마인 나와 함께여서 행복해했고, 나 또한 아이들과 함께하기에 감사함을 느꼈다. 그야말로 신께서 보살핀다는 생각에 의지하며 어려움에 맞섰다.

친정엄마는 목돈 봉투를 건넸다. 나는 '언젠간 갚을 날이 있겠지, 고마워.' 기가 죽은 인사를 건넸다. 그 목돈은 당시 밀려 있는 공과금 등을 해결하며 2시간 만에 증발했다. 수중에 남은 5천 원을 가지고 집 앞 오일장에 가서 두부 한 모를 사다가 두부만 있는 된장국을 끓였다. 호박도 바지락도 없이 두부만 동동 떠 있는 된장국을 아이들은 맛있게 먹었다. 지금 생각해도 2023년은 비참했지만 행복했다.

아무렇지 않은 척하는 것이 벅찼지만, 낙인처럼 새겨진 '밝음'은 희극 속 비극이었다. 결혼하지 않은 친정오빠는 아이들의 학원비를 지원해주었다. 가난할수록 더 가르쳐야 한다고 오빠는 항상 교육의 중요성을 말했다. 적지 않은 돈을 다달이 학원비로 이체해주는 오빠를 생각하면 지금도 가슴이 저릿할 정도로 감사함을 느낀다. 덕분에 큰아이는 원하는 대학에 수석으로 입학할 수 있었다. 작은아이도 타고난 재능을 마음껏 발휘하고 배울 기회가 생겨 원하던 음대에 입학해 유학길에 오를 수 있었다.

힘들고 처참하기까지 했던 그 해에 글벗들을 만났다. 비참한 자영업자의 이야기를 블로그에 매일 연재했고, 이게 맞나, 글을 이렇게 쓰는 게 맞는 건가 방황하고 고민할 때 글벗들이 많은 위로와 용기를 불어 넣어 주었다. 글 쓰는 것에 대한 권태가 심하게 와 아무것도 할 수 없어 괴로운 시간들을 보내기도 했다. 그럴 때 가만히 조용히 내 곁을 지켜주고 안아주었던 고마운 분들이었다.

나는 괴로운 마음을 잊기 위해 혼자만의 여행을 떠났다. 어지러운 생각들을 뒤로하고 원고를 마무리해야겠다는 목표를 가지고 떠난 여행이었다. 사방을 둘러보아도 나무와 풀밖에 없었고 내 숨소리를 제외하면 새들의 소리만 들리는 곳이었다. 그곳에서 나는 한 달 동안 먹고 마시는 것도 잊은 채 '어디 더 기발한 불행은 없나요?'의 원고를 원하는 분량만큼 쓸 수 있었다. 운이 좋았던 건지, 투고한 몇 군데 출판사 중에서 회사명을 들으면 알만한 대형 출판사에서 연락이 왔고 계약서에 사인했다. 선인세로 받은 돈으로 그동안 밀려 있던 모든 공과금과 학원비를 해결할 수 있었다. 책이 출판되고 나서 생각보다 많은 사람이 좋아해 주서서 베스트셀러 작가가 되었고, 그 유명세로 강연도 많이 나갔다.

남편이 운영하는 제과점 '스윗파티시에' 매출도 급격히 올랐다. 남편은 제빵사 직원 세 명을 추가로 채

용했고, 가게는 호황이어서 손님이 줄을 서서 빵을 사갈 정도였다. 망하는 건 한순간이라더니, 떡상도 한순간이었다. 큰돈을 인세로 받고 남편의 빵집도 잘돼서 엄마에게 받았던 목돈 봉투를 두 배로 해서 돌려드렸다. 조카들을 위해 희생했던 오빠에게도 대형 승용차를 뽑아주었다. 나에게도 그토록 원했던 소설가로의 삶을 살게 된 것을 기념하기 위해 집 근처에 열 평의 작업실을 샀고 나만의 공간도 마련했다.

이젠 공과금이 밀리지 않게 되었다. 언제 가스가 전기가 끊길까 노심초사하지 않아도 되었다. 아이들 학원비가 밀려 학원 선생님 마주칠까 봐 학원 밖에서 아이들을 기다리지 않아도 되었다. 두부뿐 아니라 각종 채소와 꽃게까지 넣어서 끓인 된장찌개를 끓일 수 있게 되었다. 아이들이 치킨 먹고 싶다고 할 때 원 없이 사서 먹일 수 있게 되었다. 대학생과 고등학생이 된 아이들에게 버젓한 브랜드 가방과 운동화를 사줄 수 있게 되었다. 전원주택이 있으니 층간 소음을 걱정하지 않고 살게 되었다. 추울 땐 더운 나라로 더울 땐 추운 나라로 여행할 수 있게 되었다.

이 모든 일이 안 될 것 같다고 망설이던 나를 끊임없이 이끌어 주고 다독여 준 백 선생님을 비롯한 글

오래된 기억이 말을 걸었다

벗님들이 있었기에 가능했다. 우리의 첫 에세이 공저 작가 7명 중에 제일 먼저 등단한 C작가님을 보면서 더 열심히 글을 쓰게 된 동기가 있었기에 가능했다. 그리고 나를 언제나 지켜봐 준 나의 가족과 친구들이 있었기에 가능했다.

2033년에 살고 있는 나는 2023년의 나를, 그동안 잘 버텨 주었기에 기특해하는 마음으로 꼭 안아주고 싶다. 그리고 이렇게 말해 주고 싶다. '너는 결국 해 냈고, 잘 버텨냈고, 잘 살아냈다.' 오십이 된 내가 불안정했던 마흔의 삶을 위로해 주고 싶다.

고생했다. 2023년이여!

이 글을 쓰는 2033년의 나는, 그날을 생각하면 아직도 눈물이 앞을 가린다. 이것은 감사함의 눈물이다. 그리고 앞으로도 그 감사함을 잊지 않겠다는 다짐이기도 하다.

그때 감사했습니다

결혼과 동시에 다시 새내기 전문대 대학생이 되었
다. 회사생활, 신혼생활, 대학생활에 눈코 뜰 새 없이
바쁜 하루하루를 보냈다. 남편은 나의 뒤늦은 대학생
활을 항상 말없이 응원해 주었다. 공부를 열심히 해
본 적이 없는 나였기에 가끔 공부가 하기 싫어져 꾀
를 부리면 묵묵히 공부하는 내 옆에 앉아 함께 공부
해 주기도 했다.

1학년 겨울방학에 아이가 생겼다. 졸업 후에 가지
려고 하던 아이였는데 어쩌다 보니(!) 그렇게 되었다.
나는 2학년 1학기에 만삭의 몸으로 학교를 다녔다.
임신 사실을 알았을 때 남편은 튼튼한 중고차 한 대
를 사주었다. 임신한 몸으로 두 번의 환승과 도보로

오래된 기억이 말을 걸었다

학교를 다니는 것보다는 운전하는 것이 더 나을 것 같다는 판단을 했던 것이다.

휴학 후 딱 일 년 동안 출산과 육아에 전념했다. 8월 생 아이는 첫 번째 생일에 돌떡과 함께 어린이집에 등원했다. 나는 덕분에 2학기 수업에 무사히 복할 수 있게 되었다. 내가 육아와 학업을 겸할 때 남편은 내게 많은 채찍과 당근이 되어 주었다. 야간 대학은 5시부터 수업이 시작된다. 아이를 어린이집에 데려다 주고 학교에 가면 6시에 퇴근한 남편이 아이를 집으로 데리고 왔다. 남편은 아이에게 저녁을 먹이고, 씻기고, 재우는 저녁 시간을 보냈고, 그 덕분에 나는 가끔은 10시까지 이어지는 수업에 걱정 없이 몰두할 수 있었다. 나는 9살이나 어린 학우들과 나란히 경쟁해 차석장학금도 받았다.

지금 생각해도 대단한 일이다. 다시 하라고 하면 그렇게 못 할 것 같다. 그때는 처음이자 마지막 기회라고 생각했다. 태어나서 처음으로 열심히 공부라는 것을 했다. 영양사 국가고시 이전에 식품위생사 시험이 먼저였다. 남편은 나의 공부를 늘 응원해 주었다. 한 번에 식품위생사 시험에 합격했다. 영양사 국가고시는 학기가 끝나고 2월 달에 치른다.

아이를 등원시키며 도서관으로 가서 공부를 하고 하원시간에 맞춰 집으로 돌아갔다. 저녁을 먹은 뒤 남편이 아이를 재우러 들어가면 나는 또 공부를 시작했다. 남편은 시험 준비에 바쁜 내게 단 한 번도 집안일에 소홀하다고 나무란 적이 없었다. 그런 남편의 외조와 처음이자 마지막의 기회일 거라는 나의 절박함이 만나 식품위생사, 영양사를 연거푸 취득한 능력자가 되었다.

사람들은 어떻게 출산과 육아와 학업을 동시에 했느냐며 나를 대단하다고 말하곤 한다. 처음엔 나도 내가 잘나서 그렇다고만 생각했는데, 돌이켜 생각해 보면 남편의 외조가 아니었으면 애초에 시도도 해볼 수 없는 일이었던 것 같다. 정말 흔치 않은 남편이다. 영양사 면허증을 따고 나서도 나는 하고 싶은 일, 배우고 싶은 것들이 항상 많이 있었다. 그때마다 남편은 "당신이 하고 싶으면 해"라고 무심한 듯 말해 주었다. 그리고 내가 말한 것이 실현되도록 믿고 기다려 주고 응원해 주었다. 그런 응원 덕분에 나는 남편과 결혼한 이후로 식품위생사, 영양사를 비롯해 한식조리기능사도 취득했다.

나는 앙금플라워 떡 케이크와 버터크림플라워 케

이크를 배웠고, 커피바리스타자격증도 땄다. 한겨레
문화원에서 소설 창작 수업도 들었다. 내가 처음 책
을 낸다고 했을 때도 남편은 "당신이 예전부터 원하
던 일이잖아. 정말 좋은 생각인 것 같다"고 말해주었
다. 지금까지도 변변찮은 글을 쓰는 나를 지켜봐 주
고 응원해 주고 있다.

빵집 스윗파티시에 한편에서 서점업을 하고 싶다
고 했을 때도 마찬가지였다. 남편은 1년에 한 번씩
내 책을 내주고, 언젠가는 내게 꼭 작업실을 차려주
겠다고 말했다. 가끔은 미울 때도 있고, 나를 화나게
할 때도 있고, 내 마음을 몰라주어서 서운할 때도 있
고, 그래서 울 때도 있었다. 하지만 늘 고마운 건 사
실이다. 사실 태어나 누군가가 나를 이렇게 무조건
믿어준다는 것은 기적 같은 일인데, 요즘 들어 그 고
마움을 잊고 지냈던 게 사실이다.

예쁘게 보려면 예쁘게만 보이는 사람인데 내가 너
무 밉게만 보려고 했던 건 아닌지 반성도 하게 된다.
소중한 그릇일수록 다루기 어렵고 까다롭다고 하는
데, 하물며 부부의 연을 맺은 소중하고 기적 같은 사
람이니 더욱 더 아껴주고 사랑해야 함을 잊고 지냈던
것도 사실이다. 요즘 누구보다도 마음이 힘들 시기이

기에 그때마다 고마웠던 일들을 생각하며 나 또한 남
편을 무조건 믿어주고 응원해 주는 사람이 되어 주어
야겠다고 생각한다.

내 인생 최초의 응원단장 임명규(任明奎).

감사합니다.

오래된 기억이 말을 걸었다

시어머니 전상서

그날은 음력으로 1월 1일, 구정이었죠. 당신의 아드님은 그날 또 머리가 아프시다고 했습니다. 주기적으로 머리가 아프다고 합니다. 하기 싫은 일, 가기 싫은 곳이 있을 때 특히 심해지고 일상생활조차 어려운 지경이라 자리 보존하고 누워 꼼짝하지 않습니다. 저는 그것이 '신경성'이라는 것을 잘 압니다.

장사를 해야 하기 때문에 연휴 전날과 설 당일만 쉬겠다고 한 것은 당신 아드님의 결정이었습니다. 이번 명절, 시댁에 가지 말자고 한 것도 당신 아드님의 결정이었죠. 어머님도 오지 말라고 분명 저에게 말씀하셨죠. 굳이 안 간다는데 가자고 우길 필요는 없죠, 시댁인데.

저는 그것이 '돈' 때문이라는 것을 잘 압니다. 그거 아세요? 당신 아드님은 그날 결국 5분 거리에 있는 처갓집에 나타나지 않았습니다. 몹쓸 병에 걸려도 단단히 걸렸습니다. 코앞에 있는 처갓집에 가서 세배하고 떡국 한 그릇 둘러앉아 먹는 것이 불가능할 만큼 머리가 아프다는데, 그 몹쓸 병은 왜 꼭 명절에 도지는지 모르겠습니다.

이번 명절에도 당신 아드님은 처갓집에 나타나지 않았습니다. 말 나온 김에 한 말씀 더 올리겠습니다. 명절만 그러는 건 아닙니다. 당신 아드님은 평소에도 처갓집만 가면 머리가 아프거나, 피곤하거나, 기분이 별로이거나, 하여튼 그렇습니다. 항상 인상을 쓰고 소파 가운데 앉아 있습니다.

참, 아드님 교육을 항상 강조하시는 '예의 바르고 살갑게' 잘 하셨더군요. 자그마치 10년입니다. 아시겠어요? 당신 아드님께 직접 하지 못할 말을 왜 저한테 하세요. 아드님이 어려우세요? 며느리는 안 어려우세요? 아드님은 어머님의 자식이지요. 며느리는 남입니다. 왜 자꾸 망각하세요. 저를 낳으셨어요? 아니잖아요. 아닌데 왜 자꾸 자식한테 바라는 걸 저한테 말씀하세요. 낳아주시진 않았지만 남편의 어머니라서 도리는 하려고 하는 저에게 자꾸 도리를 지키고 싶지 않은 말씀들을 왜 자꾸 하시는 건가요? 명절에 전화 한 통 안 한 아드님께 서운하신 거예요? 아니잖아요. 며느리한테 화나신 거잖아요. 아까운 내 아들에게 어떻게 화를 내시겠어요. 제가 10년 동안 한 번도 못 본 모습입니다. 그런데 왜 아들한테 화났다고 하면서 저한테 전화해서 화내세요? 저는 잘못이 없습니다. 코앞에 있는 처갓집에 인사도 안 간 당신의 아드님이십니다. 도리도 오고 가야 하는 겁니다. 평소에 가까이 있다고 살갑게 장인 장모한테 전화라도 한 통 하는 줄 아세요? 어디다 대고 전화 타령이세요.

솔직히 말해서, 돈 때문에 전전긍긍하고 있는데 도와주시지 않을 거잖아요. 조카 키우시느라 애들 한번 봐주시지도 않았잖아요. 손자, 손녀보다 조카가 더 중요하세요?

제가 꼭 이런 말까지 하게 만드세요. 돈 없다면서 이렇게 큰 집 사냐고 말씀하셨습니다. 모르셨어요? 이 집 월세예요. 돈 없으면 바퀴벌레 나오는 반지하에서 애들 키워야 하나요? 돈 없다면서 학원도 여러 개 보내시냐고 말씀하셨습니다. 이것도 모르셨나 봐요. 제일 비싼 학원비 하나는 외삼촌이 내주고 있습니다. 돈 없는 집 애들은 학원도 보내지 말고 공부도 시키지 말고 열다섯에 공장 보낼까요? 집안 형편 어려워져서 애들 학원부터 끊었다고, 나는 그랬다고 자랑스럽게 말씀 마세요. 그거 자랑 아니까. 콩나물 사다가 무쳐서 한 끼에 다 먹지 말고 국 끓여 두 번 먹으라고요? 그것도 모르셨나 봐요. 당신 아드님 콩나물국 먹지 않습니다. 또 그것도 모르셨나 봐요. 저는 10년 동안 한 번도 당신 아드님께 '생활비'를 받아 본 적이 없습니다. 제가 목숨 걸고 다닌 회사에서 받은 월급으로 애들 먹이고 학원 보내고 했던 겁니다. 당신 아드님이 퍽이나 능력 있어서 이 모든 생활비를 썼던 게 아니라는 걸

10년 만에 말씀드립니다.

제가 그렇게 다니던 회사를 그만둬서 수입이 사라졌다고 보시면 됩니다. 당신 아드님께서 다음 달엔 줄 수 있을 거라고 하면서 몇 백씩 해드린 은행대출, 카드론입니다. 그게 쌓이고 쌓여서 이렇게 된 거지, 제가 콩나물 사다 무쳐 먹어서 이렇게 된 건 아니라는 사실을 확실히 알고 계시기 바랍니다. 진짜 이러지 마세요. 아들한테 할까 말까 고민하는 얘기는 며느리한테는 더 하지 마십시오. 며느리는 남이라는 걸 잊지 마십시오. 특히 내가 며느리에게 이런 말 할 만큼 우리 아들은 당연히 잘하고 있을 거라는 믿음은 버리셔야 합니다. 그리고 우리 아들은 흠잡을 데 하나 없다는 확실한 증거가 있을 때, 그때 유세를 떠시기 바랍니다. 더 많은 말이 있지만, 이쯤에서 인사 올리겠습니다.

추운 날씨에 감기, 코로나, 독감 기타 등등 조심하시고, 아드님한테 할 말은 아드님께 직접 하시는 용기를 가지시길 바랍니다. 당신의 그런 행동들이 아들 내외 사이에 곤란한 상황을 만든다는 것을 기억해 주시기 바랍니다. 그럼 저는 이만 물러나겠습니다.

2023년 ○월 ○일

며느리 올림

정없고 속없는 것

벚꼬옷? 쟈는 정읍써.
어제피믄 내일 져버링께
얼매나 야물찬가 말이여
쟈는 정읍써

매화? 쟈는 속읍써
한번피믄 질줄 모릉께
머우뜰을 때 피어 쑥캘때 까정
한없이 펴있잔여
쟈는 속읍써

울 남편이 그랬네

벚꽃 맹키로 정도읍씨

뭔다꼬 그리 서둘러 가뿌려쓰까

참 정도읍지

하고… 그 세월을 으찌 다 말로 하겄는가

머우나면 머우뜯어다 나물 해맥이고

쑥나면 쑥뜯어다 애덜 떡해맥이매

애비읎는 자석 소리 들을까

올매나 노심초사 키웠는가 몰라

그래 우쯔켜

자석들은 셋이나 주렁주렁인디

나가 서방 따라 가뿌면

저것들 어쯔까 시퍼

밤마다 곤히자는 애기들 처다보며

짠한 맴에 울고 그랬지 머

꽃이머여

먹지도 몬하는거이

오가매 보면 되지 안그냐

그거 이쁠 정신이 읎씨 살았당께

꼬부랑 할마이 되뿌렀어야.

아야, 느나 많이 보고 오니라
이 할매는 꽃보덤 쑥이 더 좋아야
손지새끼들 요놈으로 해주는 떡을
어쯔케나 잘 먹능가 모른 당께
이녁자석 오물대는것보담 이쁜건 없당께

쩌그 섬진강 물 맹키로 다 흘러 버렸어야
다 흘러가고 나니 참말로 별 거 아니더만
자녠 아직 한참 멀었지
지금 고것도 흘러가면 끝인 거여
긍께 고 눈물 치아라 이?

— 박인혜

"40대 중반의 여성 A가 수면제 20정을 한 번에 먹었습니다. 왜 먹었을까요?"

첫날, 첫 질문이다. 함께 공부하기 위해 모인 분들을 대여섯 명씩 나누고 이 질문에 대한 자신만의 답을 해보라고 했다. 각자 자신들이 느낀 소감을 진지하게 꺼냈다. 그들이 가진 생각이 거의 나온 것 같아서 몇 명에게 이유를 물었다. 예상했던 대로 가족 간의 문제, 경제적인 문제, 타인과의 관계 문제, 정신·정서적인 문제가 주를 이루었다.

질문의 의도를 다음과 같이 설명했다.

인간은 각자 어떤 문제를 안고 사는데, 그 문제 앞

에서 죽고 싶을 정도로 힘들 때 사랑하는 사람의 위로 말 한마디나 책 속에 있는 문장 하나가 다시 살아 보겠다는 힘을 내게 줄 수 있다. 이 강좌는 내가 쓴 글로 단 한 사람의 생명을 살릴 수만 있다면, 그런 글을 쓸 수 있도록 하는 데 가장 큰 목표와 목적을 두고 있다.

'글은 누구나 쓸 수 있다. 그러나 아무나 글을 쓰는 게 아니다!' 정확히 누가 한 말인지는 몰라도 작가일 가능성이 높다. 글은 초등교육만 받아도 쓸 수 있다. 그러나 인간의 마음을 울리는 글을 쓰는 사람은 특별나다는 의미일 것이다. 왜 글을 써야 하는지 그 목적이 단번에 확인되었다.

그렇다면 타인의 생명을 살리기 위해 글을 쓰려면 무엇을, 어떤 것을 해야 할지 그 순서를 찾아봐야 한다.

첫 번째는 나를 찾아야 한다.

나를 찾는다는 것은 나의 내면을 객관적으로 볼 줄 아는 것을 말한다. 내가 먼저 건강해야 타인을 살릴 수 있다. 내가 나를 몰라 삶의 문제 앞에서 허우적거리는데 누굴 살릴 수 있을까. 인간 각자에게 가장 중요한 것은 나 자신이기 때문에 나를 알고 다음을 생

318   오래된 기억이 말을 걸었다

각해야 한다. 공부 중에서도 공부는 나 자신을 알아가는 공부다. 글쓰기는 내가 보는 나, 즉 나 자신을 알고 이해하는 데 아주 효과적인 방법이기 때문에 글을 쓰다 보면 나를 찾게 된다.

두 번째는 나를 표현해야 한다.

자기를 표현한다는 것은 지극히 정상적이고 건강해야 할 수 있는 행동이다. 외향적인 사람들만 자신을 표현하는 게 아니다. 내성적인 사람도 자기 정체성을 찾게 되면 자신의 가치를 얼마든지 알릴 수 있다. 글은 성격 또는 성향과 상관없이 나를 표현할 수 있는 최고의 방법이다. 글을 통해 내가 가진 가치와 능력을 적극적으로 표현하다 보면 내 삶의 존재와 방향을 정확히 인식하면서 기쁨과 행복으로 이어진 삶을 누릴 수 있다.

마지막 세 번째는 타인과 세계와 소통해야 한다.

인간은 타인과 사회와 소통하며 살아야 한다. 세상 사람들과 어울려 사는 것이 힘들다고 나 혼자 살겠다는 것은 다른 사람의 문제가 아니라 내 문제일 수 있다. 비록 세상이 내 뜻대로 흐르지 않는다고 해도 그

안에서 해결책을 찾아야 한다. 글을 쓰다 보면 내가 세상에 나온 목적을 깨닫게 되고 내가 해야 할 사명과 소명을 알게 된다. 이를 통해 다음 세대에 선한 영향력을 끼칠 수 있다. 인간이 공동체에서 벗어나는 것은 내 스스로 인간이길 거부하는 것이다. 글은 공동체 안에서 내 역할을 찾게 하는 최고의 방법 중 하나다.

이렇게 중요한 글쓰기를 힘들어 하거나 어렵게 생각하는 원인 또는 이유는 무엇일까? 어디에 있을까?

처음 글을 쓰고자 하는 사람들은 대부분 막연한 두려움을 갖고 있다. 본격적으로 써보지도 않고 시작 전부터 지레 겁을 먹는다. 예상컨대 나는 좋을 글을 쓰지 못한다는 실패에 대한 두려움일 것이다. 내 글을 누군가에게 평가받는다는 수동적 마음자세와 완벽해야 한다고 생각하기 때문이다. 처음부터 좋은 글, 훌륭한 글을 쓰겠다는 높은 목표 설정은 글을 쓰는 데 심각한 저해 요소가 된다.

글은 이론적으로 많이 배웠다고, 아는 게 많다고 자동적으로 써지는 게 아니다. 내가 배움이 적더라도 매일 한 줄이라도 쓰는 행동과 습관이 더 중요하다. 생각나는 대로 내 마음대로 쓰다 보면 어느 순간에 품사, 문장성분, 띄어쓰기, 맞춤법 등이 저절로 향상된다는 것을 느끼게 된다. 일단 쓰고 싶은 대로 쓰는 게 중요하다는 것이다.

또 글은 특별한 사람들만 쓴다고 생각한다. 단어나 문장 등 문법적 요소를 전문적으로 배운 사람들만 쓰는 것으로 오해하고 있다. 국어국문학을 전공했다고 모두가 글을 잘 쓰는 게 아니다. 물론 기초적 이론이 튼튼할수록 잘 쓸 확률이 높은 건 사실이지만 아무리 전문적인 지식을 가졌다 한들 끊임없이 쓰는 사람을 이길 순 없다. 바로 이런 원인과 이유가 글쓰기를 주저하게 만든다.

그렇다면 글을 잘 쓰는 방법은 무엇일까?

결론부터 말하면 정답이 없다. 일단 잘 써야 한다는 부담감을 버리고 자유롭게 쓰면 쓸수록 향상된다. 위에서 언급한 대로 품사니 문장성분이니 띄어쓰기나 맞춤법 등이 있다는 것을 아예 잊고 써도 된다. 왜냐하면 문법적 요소는 글을 다 쓰고 나서 확인해도 되는 일이다. 그리고 어떻게 멋지게 쓸까보다는 무엇을 쓸까를 생각하면서 쓰면 된다. 글은 왜 쓰려고 하는 건지 목적을 정확히 알면 글은 잘 써지게 되어 있다.

내가 하고 싶은 이야기를 글로 만들 때는 문장을 짧게 쓸수록 좋다. 보통 글 쓰는 사람들이 문장을 길게 쓰는 이유는 멋지고 화려하게 보이기 위해서다. 말도 내 생각에 미사여구를 첨부하다 보면 그 요지가 명확하게 들리지 않는다. 듣는 사람이 혼란스럽다. 글도 마찬가지다. 글쓰기의 최종 목적은 내 의사를 상대에게 전하는 것이기 때문에 상대가 쉽게 이해할 수 있도록 쉽게 써야 한다는 것이다. 남들이 알아듣지 못하는 어려운 용어는 가급적 쓰지 말아야 한다. 읽는 사람이 초등학생이나 중학생 수준인 것으로 여기고 글을 쓰는 게 좋다.

물론 좋은 글이나 긴 글을 제대로 쓰려면 아는 게 많을수록 좋다. 현대 사회는 정보를 얻기에 참 좋은 세상이다. 내가 조금만 부지런하면 얼마든지 필요한 지식을 축적할 수 있다. 거기에 사색하는 시간을 많이 갖게 되면 외적, 내적 자료가 합해져서 훌륭한 글이 탄생할 잠재적 요소가 쌓이게 된다.

그럼에도 불구하고 나의 모든 역량을 기울여 쓴 글은 걸레다. '모든 초고는 걸레다!' 미국의 소설가 어니

스트 헤밍웨이가 한 말이다. 그러나 내가 쓴 글을 고치면 고칠수록 그의 작품 『노인과 바다』, 『누구를 위해 종을 울리나』 등과 같은 명작이 나온다. 내가 쓴 글을 고치는 과정은 생각보다 힘들다. 돌덩이가 보석으로 탄생하는 과정과 비슷하다. 하지만 고생한 만큼 독자의 만족도는 올라간다. 글 쓰는 사람들 중에는 의심이 많고 겸손한 사람이 있다. 의심과 겸손은 공개하는 것을 주저하게 만든다. 예를 들면 '내 글이 세상에 나가도 괜찮을까?' 하는 생각 말이다.

세상에는 셀 수 없을 만큼 사람이 많다. 그들 중에서 남이 써놓은 글을 읽는 사람은 많아도 직접 쓰는 사람은 적다. 내가 후자에 속한다면 대단한 자부심을 가져도 된다. 귀한 존재이기 때문이다. 비록 내 글이 부족함이 있다 하더라도 쓴다는 것은 그저 읽는 사람보다 의식이 한 단계 높다는 것을 말한다. 그렇지만 글을 쓴다고 처음부터 모든 계단을 뛰어넘어 꼭대기로 갈 순 없다. 쓰면서 배우고 익혀 때가 되면 꼭대기에 오른다. 단 한 사람의 생명을 구하기 위해 우린 남들이 주저하는 길을 가겠다는 긍지와 인내를 함께 가져야 한다. 그 순간부터 더 나은 글을 쓰기 위해 노력할 것이다.

이 책에 자기 이야기를 기록으로 남긴 7명은 이제 첫발을 내딛는 순수한 작가다. 글 쓰는 것을 좋아했지만 여태 살아오는 동안 이런저런 사정으로 뒤로 미루고 살았던 평범한 이웃 주부이자 언니 동생들이다. 이들이 마음 속 깊은 곳에 숨어 있던, 숨기고 싶었던 자신의 삶의 조각들을 내놓았다는 것은 그 자체가 자신의 인생을 한 단계 성장시켰다는 증거다. 기성 작가들이 봤을 때는 단어 사용도 어색하고 문장 구성도 맞지 않을 수 있다. 그럼에도 불구하고 이들은 앞으로의 성장 가능성에서 그 어느 누구에게도 지지 않을 것이다.

첫 질문, '40대 중반의 여성 A가 수면제 20정을 한번에 먹었습니다. 왜 먹었을 까요?'에서 그 여인은 죽기 위해 수면제를 먹은 이유는 당사자만 안다. 모든 사람은 각기 다른 문제를 갖고 있을 것이다. 그러나 어떤 작가의 글, 한 문장 한 단락에서 생명수를 얻게 되면 다시 살아야겠다고 마음을 바꾼다. 삶과 죽음 앞에서 어떤 선택을 하는가가 중요하다는 것이다. 죽음 앞에서 다시 살아난 사람은 내일의 삶이 확연히 달라진다. 7명의 작가가 진솔하게 쓴 글은 삶과 죽음 앞에서 번민하는 그 누군가에겐 생명수가 될 수 있을 것이다.

 '책은 내가 선택해서 읽는 게 아니다. 책이 나를 선택해서 읽게 하는 것이다.' 이 책을 우연이든 필연이든 간에 손에 잡은 분들은 그 의미를 가슴으로 받았으면 좋겠다.

~~~~~~~~~~~~~~~~~~~~~~~~~~~~~~~~~~~~~~~

시작 배경

　내 인생은 논픽션(Nonfiction)이다. 단 한 번 부여되
는 내 인생은 소설이 아니다. 그러나 세상을 살다 보
면 보이지 않는 어떤 힘이 내게 소설 같은 인생을 요
구할 때가 있다. 지금 이 순간 '참 나'를 찾으면 어떤
힘의 의도를 알게 됨으로써 소설 같은 삶을 거부하
고 진짜 내 삶을 살게 된다. '참 나'는 자기 정체성(正
體性)이다. 정체성의 사전적 정의는 '변하지 아니하는
존재의 본질을 깨닫는 성질. 또는 그 성질을 가진 독
립적 존재'다. 이 정의대로 인간 각자는 그 사람만의
변하지 않은 고유의 성질이 있고 독립적인 존재다.

인간 각자 고유의 성질은 마음(영혼, 정신, 정서, 생각, 성향, 심리, 감정 등)에 스며 있다. 마음이 어떤 상황이나 작용에 따라 약하게 움직이는 것을 '결'이라고 한다. 마음결은 아직 밖으로 나온 상태가 아니다. 마음이 움직여 밖으로 발현된다고 하는데, 발현은 음성언어(말)와 문자언어(글)로 드러난다. 발현은 자신만의 색깔로 드러나는데 '씀' 또는 '쓴다'로 이해하면 된다. 나만의 마음씀은 상대적으로 나타나기 때문에 절대적 참이라고 볼 수 없다. 사람마다 각자 자기만의 '씨'가 있기 때문이다. 마음씨는 단 한 사람도 똑같은 성질을 갖고 있지 않다. '열 길 물속은 알아도 한 길 사람 속은 모른다'란 속담처럼 옳고 그름을 떠나 인간 각자의 속은 정확히 알 수 없다는 말도 여기서 유래한 듯하다.

인간이면서 인간의 마음을 볼 수 없다는 것은 쉽게 이해할 수 없는 분야다. 어쩌면 인간의 눈에 보이는 것보다 보이지 않는 게 더 많을 수도 있다. 아무튼 마음을 정리해 보면, 마음은 '결'이 '씨'에 따라 '씀'으로 나타난다는 것이다. 동양에서는 이 마음을 한자로 마음 심(心)자를 써서 심장을 마음이라고 이해했다. 서양에서는 생각을 의미하는 'Mind'와 가슴을 의미하는 'Heart' 등을 마음이라고 했다. 소리 또한 눈에 보이지 않고 귀를 통해 들린다. 한자로 '音聲', 영어로 'Voice'다.

인간의 눈에 보이지 않는 '마음'과 '소리'를 따로 구분하여 사전적 정의를 참고해서 보면 좀 더 이해가 빠르다. 마음이란 '사람이 본래부터 지닌 성격이나 품성. 사람이 다른 사람이나 사물에 대하여 감정, 의지, 생각 따위를 느끼거나 일으키는 작용이나 태도. 사람의 생각, 감정, 기억 따위가 생기거나 자리잡는 공간이나 위치'다. 소리는 '물체의 진동에 의하여 생긴 음파가 귀청을 울리어 귀에 들리는 것. 음성 기호로 생각이나 느낌을 표현하고 전달하는 행위. 또는 그런 결과물. 사람의 목소리'다. 마음과 소리는 그 정의가 모호한 만큼 사람마다 그 주장도 여러 갈래다. 그만큼 우리가 쉽게 알 수 있는 분야가 아닌 것이다. 그러나 글쓰기를 통하다 보면 그 진리에 어느 정도 도달할 수 있다.

글쓰기는 인간의 마음과 소리를 정확하게 제대로 알 수 있는 방법 중 하나다. 글쓰기를 하면 할수록 각자 눈에 보이는 내가 나를 보는 나, 네가 나를 보는 나를 객관적으로 알아차리고 눈에 보이지 않는 영안

(靈眼)까지도 열린다. 영안이 열리면 나와 네가 다른 이유를 정확하게 이해하게 된다. 인간은 내가 나 자신을 다 알지 못하고 타인도 나를 다 알지 못한다는 전제가 있기 때문에 온전한 나를 찾아가기 위해서는 글쓰기가 최선의 방법 중에 하나가 된다. 글쓰기는 나의 온전한 내면(內面)을 찾기 위한 여행, 즉 내 마음을 정확하게 알기 위한 과정인 것이다.

글쓰기 프로그램 〈마음의 소리〉는 마음의 사전적 의미를 모두 포함하고, 소리에서는 사람의 목소리를 차용했다. 우리 각자의 마음에 자리하고 있는 것들을 음성언어인 말하기를 통해 끄집어내서 문자언어인 글로 연결한다. 마음과 소리를 묶어 글쓰기 프로그램으로 탄생한 것이다. 가장 크게 초점을 둔 대상은, 넓은 의미로 볼 때 좋은 글을 쓰고 싶은데 잘 써지지 않는 분과 글을 잘 쓰고 못 쓰고를 떠나 글쓰기를 통해 나 자신을 찾고 싶은 분이다. 다음은 학창 시절 가졌던 문학 소년과 소녀의 감성을 느껴보고 싶거나 나의 일상을 SNS에 올리고 싶은 분이다. 이 과정을 통해 자신의 잠재적 재능을 발견하게 되면 나의 이야기를 책으로 엮어서 작가로 활동할 수 있을 것이다.

오래된 기억이 말을 걸었다

목표와 방향

〈마음의 소리〉는 다음과 같은 목표와 방향을 갖고 시작했다.

첫째, 내 마음 속의 다양한 소리를 말로 표출하는 데 큰 비중을 두었다.

나를 표현한다는 것은 자신감이 있다는 증거다. 여기서 표현은 지나온 세월 동안 내 마음 속에 있는 조각난 모든 파편을 의미한다. 사람들은 자신의 자랑거리는 침을 튀겨 가며 반복해서 뱉지만 어두운 이야기는 대부분 숨기려고 한다. 숨기고 싶었던 나의 파편을 꺼내는 게 이 수업의 첫 번째 목표인 것이다.

둘째, 내 마음 속의 다양한 소리를 글로 기록하게 한다.

평소 글을 써보지 않아서 글쓰기 시작이 막막했던 사람도 자기 이야기를 글로 남기는 것은 생각보다 어렵지 않다는 것을 안다. 조물주를 제외하고 누가 나를 가장 많이 알까? 내 이름을 시작으로 내 성격, 기억, 관심, 흥미, 체험, 경험, 상상 등을 나보다 나를 잘 아는 사람이 누가 있을까? 나를 낳아 준 부모조차 내 마음을 몰라줘서 가끔 의견 충돌이 일어나는데 하물며 타인은 어쩌겠는가? 즉 내 마음 속에 있는 내 이야기를 문자로 변환하여 기록으로 남기는 것이다.

셋째, 삶을 대하는 자세가 긍정적으로 변하게 한다.

앞의 두 단계를 거치면서 가정과 사회생활 등 삶을 대하는 자세가 긍정적으로 변하게 한다. 삶의 모든 문제는 해당 문제에 대해 나 스스로 고찰(考察)하지 않아서 생긴다. 물론 인간의 문제는 인간이 전적으로 해결할 수 없다. 다만 문제의 답을 찾기 위해 노력할수록 '하늘은 스스로 돕는 자를 돕는다'란 속담에서 보듯 뿌연 안개가 서서히 그러다 완전히 사라지게 하는 데 큰 역할을 한다.

넷째, 전문 글쓰기에 도전하고픈 소망과 희망이 동시에 생긴다.

글쓰기는 쓰기 기술보다 쓰고자 하는 동기나 계기가 더 중요하다. 나의 정체성을 찾는 게 중요하듯 글쓰기도 나 자신이 어느 장르에 적합한지 알 필요가 있다. 내 안의 잠재적 요소를 꺼내 계속 쓰다 보면 내 이야기가 문학적 또는 실용적 글쓰기에 맞는지 방향

성을 깨닫게 된다. 그 결과 전문 글쓰기에 도전하고
싶다는 소망과 희망이 동시에 생긴다.

마지막 다섯째는 작가의 꿈을 이룬다.

학창 시절 문학 소년과 소녀의 꿈을 꾸었던 이들이
그 시절로 돌아가 다시 시작하는 데 의미를 두었다.
그 시절로 돌아간다는 것은 나의 잠재적 글쓰기 능
력을 다시 꺼낸다는 것이다. 마음 깊은 곳에 눌려 있
던 쓰기에 대한 꿈이 과정을 거치면서 외부로 본격적
으로 드러나기 시작한다. 글쓰기는 물리적 나이가 중
요하지 않고 지금 여기서 내가 하겠다는 의지가 생길
때 진짜 글이 써진다. 이들에게 그 기회를 제공하는
데 두었다.